【修訂版】

9割の日本人が知らない
「日本語のルール」

用日本人的思維學日語

搞懂50個學習日語
最容易混淆的規則

武藏野大學文學部暨大學院教授 佐佐木瑞枝——著

邱香凝——譯

前言

日本人更該知道的「日語規則」

筆者投身「日語教育」的世界，是在三十多歲的時候。

不過或許早在那之前，我心中就已經默默發展出「日語該怎麼教」的問題意識了。

身爲「日語教師」而學到的事

我出生在一個因父親工作關係，從小就經常接觸外國客人的家庭，因此自然而然地培養出「用隻字片語說出的日語發音聽起來很奇怪」、「日語的文字複雜，對外國人來說似乎難學難記」等，「站在『外國人』角度看日語」的想法。

我結婚之後，一邊拉拔兩個女兒長大，一邊開始在橫田基地（譯注）的「美軍將校

譯注：位於東京多摩地區的美軍基地。

夫人俱樂部」教授日語。這時的我，才第一次接觸了「日語教育」的世界。

在基地，是一個屬於「英語圈」的世界，基地外則是「日語圈」的世界。美軍將校夫人們爲了想走出自己的世界而一心一意地學習日語。當時，我忽然察覺「我根本不懂該怎麼教才是最好的」。

於是，在那之後，我去上了日語教師養成講座，並開始在駒場留學生會館及NHK文化中心教日語。往後，更一邊頂著山口大學教授、橫濱國立大學教授、武藏野大學教授等多重頭銜，一邊快樂地教授留學生們日語和日本文化論、異文化溝通論等課程。

「日本人的日語很奇怪！」

學生中有一位來自西班牙的Catarina，有一次眨著漆黑的大眼睛這麼對我說：

「老師，日本人的日語有時候很奇怪，和教科書上的日語不一樣。」

教科書上的日語太過流於形式，我能理解爲什麼她會覺得奇怪。不過，日本人使用的日語確實有很多明顯的錯誤，這也是事實。

仔細想想，像Catarina這樣的留學生來到日本之後，幾乎每天都在學習正式的日語。

另一方面，日本人說話時使用的則是在腦中無意識累積儲存的日語。對於日語中的誤用，很多人都不曾去深思過。我認爲這是因爲在國語教育中，日語有著極大的一部分是上課沒有教到的緣故。

將「容易弄錯的日語」以簡單易懂的方式告訴學生

至今，我爲關心日語教育的人們書寫的，都是有關文法項目或音韻法則等專門性的內容。

然而我現在認爲眞正該寫的，其實是用更單純的方式去分析日語中容易弄錯的部分才對。

能在商業場合派上用場，讓商務人士也能閱讀的書，同時也是對日常生活中各種場合都有幫助的書——花費心思寫這樣一本書固然很有趣，但也很困難。

我在撰寫本書時，滿心希望書中選出的五十個項目都能成爲「活用」於各位日常生活中的表現。

佐佐木瑞枝

目次

CONTENTS

第2章

很像但是不一樣的「小差異」

第3章 容易混淆的「日語文法」

第4章 學日語一定得知道的「日語常識」

第 1 章

連日本人都常搞不清楚的「區分使用」

01

「いる」和「ある」該如何區分使用

いる（在、有）：用在生物、有生命的東西、動物和人類上。

- オフィスにまだ部長が**いる**、家には誰も**いない**、ただ猫だけが**いる**

  部長還在辦公室。家裡誰都不在。只有貓在。

ある（有）：用在無生物、建築物或東西上，有生命但是無意志的植物亦可。

- 交差点の角に交番が**ある**。交番の向かいにカフェが**ある**

  十字路口有派出所。派出所對面有咖啡店。

- カフェの中央には大きな観葉植物が**ある**んだ。すぐわかるよ

  咖啡店正中央有很大的觀賞用植物。很容易找。

いる・ある：活著的魚用「いる」，死掉的魚用「ある」。

- 魚屋に行ってごらん、うまそうな鯛が**あった**よ

  去魚店看看，有看起來很好吃的鯛魚喔。

- 彼の部屋には熱帯魚の水槽が**あって**ね、百匹以上の熱帯魚が**いる**んだ

  他房間裡有養了熱帶魚的水缸，裡面有超過一百尾熱帶魚。

重點是「有沒有生命」

1 **「いる」：用在有生命的東西上。**

金魚がいる
有金魚。

部長がいる
部長在。

2 **「ある」：用在無生命（建築物等）的東西上。**

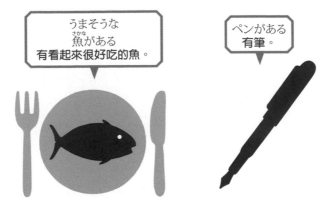

うまそうな
魚がある
有看起來很好吃的魚。

ペンがある
有筆。

會話例1 **（在晚上十點過後的辦公室內）**

（もう夜の十時過ぎだというのに、まだ部長がいるよ。
でも、家には誰もいないから、残業がんばるか。
あ、でも猫のミーちゃんがいるなー。
餌、待ってるだろうな）

（都已經超過晚上十點了，部長卻還在。
可是，家裡都沒有人在，我也努力加班好了。
啊，可是小貓咪咪在家啊。牠一定在等我餵飯吧。）

おや、木村君、まだいたの。
もう誰もいないかと思ったよ。
（がんばってるな。でも、
明日プレゼン予定の金井がいないとは）

喔，木村你還在啊？
我還以為誰都不在了呢。
（真努力，不過，
明天預定要發表的
金井怎麼不在呢。）

解說

日本人會在無意識之下將「いる」和「ある」區分使用。不只限於英語，幾乎其他所有語言之中，都沒有這種區分使用的情形。讓我們看看自己身邊的人事物吧。

公司裡有社長和部長在，也有部下和警衛在。家裡有媽媽或妻子在。地方上有互助會長，也有鄰居。家裡有貓、有狗。啊，廚房裡還有不希望牠在的蟑螂。

我們活在一個有很多生命「在」（いる）的世界裡呢。

會話例2 （在中途錄用的員工面試時）

面試官	履歴書の家族欄には子ども「有」と書いてあるね。お子さんは何人いるの？	你在履歷表家族成員的小孩欄裡填了「有」，你有幾個小孩呢？
金子先生	はい、男の子が一人と女の子がいます	是的，我有一個兒子和一個女兒。
面試官	資格に、運転免許証と教員免許状があるようだけど、他には？	證照方面，你有寫駕照和教師執照，其他還有什麼嗎？
金子先生	他には何もありません	其他就沒有了。

解說

晚上在路上找計程車時，聽見女友開心地叫著：「あそこにタクシーがいるよ」（那裡有計程車）。這一幕很常見，但爲何此時的計程車明明是無生命，卻還是用了「いる」呢？

我想這是因爲日本人潛意識中有著「因爲有司機在，計程車才會動」的念頭，將計程車擬人化了的緣故。

如果計程車停在車庫裡的話，句子應該會成爲「車庫にタクシーが三台ある」（車庫裡有三輛計程車），此時使用的就是「ある」了。即使對象同爲計程車，日本人還是會將「いる」與「ある」區分使用。

02

助詞「は」和「が」該如何區分使用

「月が出た」（月亮出來了）是敘述句，「月は満ちたり欠けたりします」（月有陰晴圓缺）是說明句。

● 木からりんご**が**落ちた（敘述句）

蘋果從樹上掉下來了。

● りんご**は**、引力の法則によって木から落ちたのです（說明句—法則）

蘋果是在萬有引力定律之下從樹上掉下來的。

● 奥の席に部長**が**いるよ。誰といるのかな？（敘述句）

部長坐在裡面的位子喔，和誰在一起呢？

根據疑問詞的位置來區分使用「は」和「が」。

● 誕生日**はいつ**ですか？—**いつが**誕生日ですか？

生日是什麼時候？—什麼時候是生日？

● 明日の飲み会、**誰が**幹事？—明日の飲み会、幹事**は誰**？

明天的聚餐，誰是幹事？—明天的聚餐，幹事是誰？

● **どこが**一番行きたい所？—一番行きたい所**はどこ**？

哪裡是最想去的地方？—最想去的地方是哪裡？

● 機密書類を盗み出したの**は**、**どこ**のどいつだ？

偷走機密文件的，是哪裡的誰？

區分是敘述還是說明

1　「が」：主要使用在敘述句。

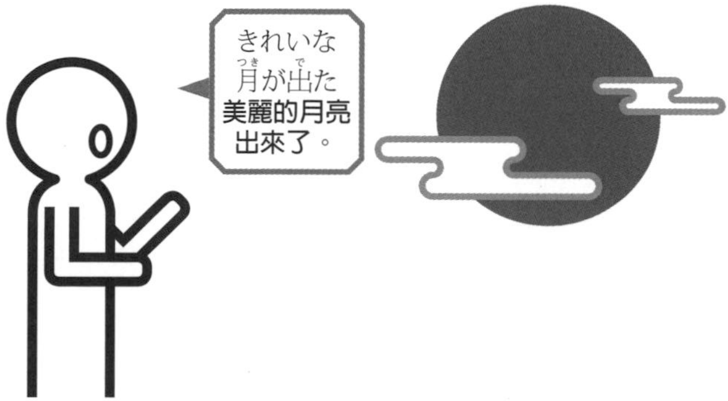

2　「は」：主要使用在說明句。

會話例1 **（在滿月之夜）**

あ、月が出た。まんまるね

啊，月亮出來了。好圓喔。

月は大体二十八日で満月が来るんだよ

月亮大概每二十八天就會輪一次滿月喔。

解說

可以用敘述句和說明句來區分「は」和「が」的用法。眼睛看見某個情景後說出「あ、**猫が**魚を盗んでテーブルの下で食べているよ」（啊，貓偷了魚在桌子底下吃喔），這就是敘述當場看見的景象，所以使用的是「が」（敘述句）。

然而，像「**猫は**魚が好きだ。猫はねずみを捕まえる」（貓喜歡吃魚。貓會抓老鼠）這類的句子，則是關於貓的說明句，所以此時便使用「は」（說明句）。

此外還有很多例子可清楚看出「は」和「が」的區分是很清楚的，不過日本人只是下意識地做出區分，如果被要求說明「該如何區分使用」，反而很難有一個答案吧。

會話例2 **（在辦公室休息室裡）**

部長	君はいつ結婚したんだっけ？	你是什麼時候結婚的啊？
部下	来週でちょうど三年になります	下禮拜剛好滿三年。
部長	じゃ仲人としてはお祝いしないとね。 二人をお招きするよ。いつがいい？	那身為介紹人我可得幫你們慶祝慶祝。 請兩位吃飯吧。什麼時候好呢？

解說

區別助詞「が」和「は」時最有趣的例子，大概就是和「いつ」（何時）、「誰」（誰）、「どこ」（哪裡）等疑問詞一起使用時吧。

若這些疑問詞出現在句首，那麼助詞就一定是用「が」。舉些簡單易懂的例子：「忘年会、**いつが**いい？」（尾牙什麼時候辦好）、「**どこが**いい？」（在哪裡辦好）、「司会は**誰が**いい？」（誰當主持人好）。

相反的，當疑問詞出現在句尾時，助詞就一定是用「は」。例如：「今度会うの**はいつ？**」（下次見面是什麼時候）、「今度会うの**はどこ？**」（下次見面是在哪裡）、「今度の見合いの相手**は誰？**」（下次相親的對象是誰）等等。

03

「知る」和「分かる」該如何區分使用

「知っていますか」：詢問對方是否具有某種知識。有意識地學會或記住的知識。

- この会社の社長が誰か**知っていますか**
  你知道這間公司的社長是誰嗎？
- 卑弥呼が邪馬台国の女王だったということは**知っています**よね
  你知道卑彌呼曾是邪馬台國的女王嗎？
- そのことを**知った**のはいつですか
  你是什麼時候知道那件事的？
- そんなこと、とっくに**知っています**よ
  那種事，我早就知道了啊。

「分かりますか」：詢問對方是否能預測或想出某個答案（答案不是刻意記住的）。

- 説明をうかがって、この事件の意味がやっと**分かりました**
  聽了您的說明後，我終於明白這起事件代表的意義了。
- 暗証番号が**分からない**。君、この金庫の暗証番号**知らない**？
  我不知道密碼。你知道這個保險箱的密碼嗎？
- この会社の組織のことも**知らない**で、**分かった**ようなこと言うな
  你明明不知道這間公司的組織，別說得一副很了解的樣子。

詢問的是否為知識

1 「知る」：對方是否具有某種知識。

2 「分かる」：是否能預測出答案。

會話例1　**（在辦公室）**

ねぇ、今日の取引先の企業のこと知ってる？

噯，你知道今天來的客戶是什麼樣的公司嗎？

いや、知らないんだ。会う前にネットで調べておかないとな

不，我不知道。見面前得先上網查一查。

解說

「知る」和「分かる」的用法雖然非常相似，不過區別就在於「有意識地知道」和「無意識地知道」上。

電視上的猜謎節目中，若問的是知識類的問題，使用的就是「知っていますか」，但若是獲得愈來愈多提示後，答案會漸漸在腦中成型的問題，用的就是「分かりますか」了。

可以這麼說吧，相對於「知る」是有意識地在腦中儲存的知識，「分かる」則是無意識中獲得的知識。

兩者的差別，「你明白了嗎？」（分かりましたか？）

會話例2 （在客廳看電視時）

ねぇ、この数字クイズの答え、分かる？

噯，你知道這個數字問答的答案嗎？

僕に分かるわけないだろう。数学は大の苦手なんだから

我怎麼可能知道。我最不擅長數學了。

解說

在作數學計算時說的「この問題の意味がやっとわかりました」（終於明白這個問題的意思了），這裡的知道是「分かる」而不是「知る」。因爲數學計算用知識是解不開的。

數學題的答案是不可動搖的存在，計算過後就能得到明確的答案，所以是「分かる」。「知る」指的是某人經過某種方式而獲得的知識。

「金庫の暗証番号？知るわけないでしょう」（保險箱的密碼？我怎麼可能知道）

「でも、彼の奥さんの誕生日だってさ」（不過，聽說是他太太的生日）

「あ、それなら知ってる。一月十五日だって」（啊，這樣我就知道了。是一月十五日）

真是危險的密碼啊。

04

「嬉しい」和「楽しい」該如何區分使用

「嬉しい」：發生了對自己而言很好的事，產生愉快的心情。表達的是瞬間的感情。

● 彼女からメールが来ると**嬉しくて**、勤務中でも見ずにはいられないんだ（×楽しくて）

收到她寄來的信，太高興了，即使在上班也忍不住不去看。

● 思いがけず、合同企業説明会で君に会えて**嬉しい**よ（×楽しいよ）

沒想到會在企業聯合說明會上遇到你，真開心。

● 社内で孤立しているときに、上司から声を掛けられ、本当に**嬉しかった**（×楽しかった）

在公司被孤立時，上司向我打招呼，真的很令人高興。

「楽しい」：滿足、愉快的心情。表達的是持續、繼續的感情。

● この間の合コン**楽しかった？**（×嬉しかった？）

上次的聯誼開心嗎？

● 初めて、体験ダイブをしてみたけど、楽しいスポーツだね（×嬉しいスポーツ）

第一次體驗潛水，真是令人開心的運動呢。

● そんな顔してテレビ見てて、**楽しい**の？**楽しくない**んでしょう（×嬉しくない）

露出那樣的表情看電視，開心嗎？應該不開心吧？

● 君がこんなに**楽しい**人だとは知らなかったなー（×嬉しい人）

沒想到你是這麼有趣的人呢！

重點在於「瞬間的」或「持續的」

1 「嬉しい」：發生好事，引起愉快的心情。（瞬間的）

2 「楽しい」：滿足的心情。（持續的）

會話例1 **（在公司廁所）**

さっきから携帯ばかりのぞいていて、
何ニヤニヤしているの？

你從剛才就一直看手機傻笑什麼？

昨日、合コンで会った
彼女からメールが来たんだ。
さっそく送ってくれるなんて
嬉しくてさ。
それももう五通目だよ

昨天聯誼時認識的女生寄信給我了。
這麼快收到信讓我好開心。
而且這封已經是第五封了。

解說

「嬉しい」和「楽しい」都是形容「愉快的心情」的感情形容詞。

不過，我們在瞬間的動作上使用「嬉しい」，在持續的動作上使用「楽しい」，如此區分這兩個形容詞。

那麼，「嬉しい」感受到的是怎樣的瞬間呢？「上司に褒められて嬉しい」（被上司稱讚了，很高興）、「彼から欲しかった指輪をプレゼントされて嬉しい」（他送了我一直想要的戒指當禮物，好高興），這些都是絕對無法替換爲「楽しい」的。

被稱讚的瞬間，獲得禮物的瞬間，內心瞬間湧上的感情就是「嬉しい」。

會話例2 （在家裡吃晚餐時）

きのうの合コンどうだった。
いい人はいたかな？

昨天的聯誼如何？
有不錯的人嗎？

特にいなかったけど、
雰囲気がすごく良かったの。
楽しかった！

雖然沒有特別中意的人，
但氣氛很好，
很開心！

解說

某公司的部長退休時的「臨別致詞」：

「いやー。みなさんと過ごして三五年間は実に楽しかった。こうしていると楽しかった場面が次　に浮かんできますよ。一緒にプロジェクトを立ち上げ、徹夜で仕事をした日　、充実していて、楽しい中での残業だった。私は今日で定年退職しますが、また皆さんと楽しい時が持てることを祈っています」（和大家在一起的三十五年實在是太開心了。現在站在這裡，腦中接二連三地浮現過去的開心場景。一起成立計畫、熬夜工作的每天都是那麼充實，加班也是在開心中度過。雖然我今天要退休了，但希望今後也還有機會和大家開心共度。）

「楽しい」可用在上班族生活、加班、唱卡拉ＯＫ等持續性的動作上。

05

「あのう」和「ええと」該如何區分使用

「あのう」：用來當作接續的語詞。以上下關係來說，多半是下對上使用。

- **あのう**、明日のパーティー、行けなくなってしまいまして……（拒絕）
  這個，明天的派對，我沒辦法去了……
- **あのう**、部長は今、どこにいらっしゃいますか（詢問）
  請問，部長現在在哪裡呢？
- その資料はですね、**あのう**、明日の会議用に作成したものですが（接續的語詞）
  關於那份資料呢，呃……是為了明天會議上要用而做的。
- **あのう**、そのセーターはバーゲンでつい買ってしまったもので……（藉口）
  喔……那件毛衣是打折時不小心買下的……

「ええと」：在思考時用來爭取時間的口頭語，無論上下關係皆可使用。

- （部長）**ええと**、昨年の株主総会で発言したのは誰だったかな？（上對下詢問）
  （部長）呃……去年股東大會上發言的是誰來著？
- **ええと**、彼の電話番号がどうしても思い出せない（自言自語）
  呃……怎麼想不起來他的電話號碼。
- **ええと**、ヒレカツサンドとカフェオレですね（確認）
  那麼，是一份豬排三明治和咖啡歐蕾嗎？

意思雖相近，但畢竟不同！

1 「あのう」：用來當作接續詞。

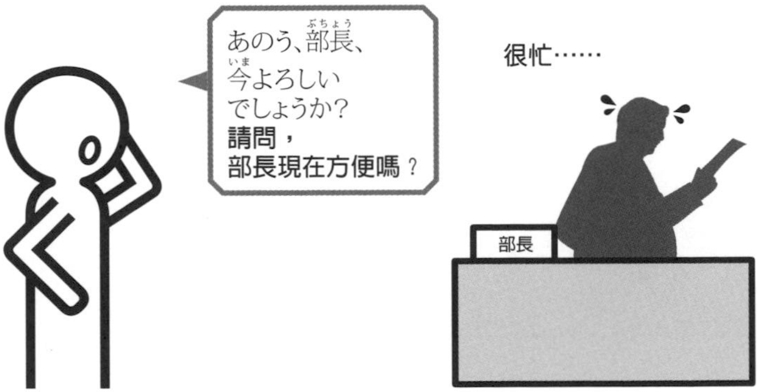

あのう、部長、今よろしいでしょうか？
請問，部長現在方便嗎？
很忙……
部長

2 「ええと」：在思考時用來爭取時間的口頭語。

不知道……
ええと、昨年の株主総会の出席者は何人かな？
呃……去年的股東大會有多少人出席？
部長

會話例1　（在公司的部長室）

君、明日から大阪出張行けるかな。
今度のプロジェクトの担当者だからね

你明天可以去大阪出差嗎？
因為你是這次計畫的負責人嘛。

明日ですか。
実はあのう、取引先との打ち合わせを入れてしまっているんですが

明天是嗎？
其實，這個……明天我已經安排和客戶開會了。

解說

在拒絕或請求時經常使用的「あのう」，具有幫助人際關係圓滑的作用。所以對家人或對屬下幾乎不會使用，也沒有人會在自言自語時使用「あのう」。

「あのう」這個表現，正證明了日本社會不是成立在個人主義之上，而是一個注重人際關係的社會。

在公司，上司對部下幾乎不會使用「あのう」，但部下對上司使用這個字的頻率應該很高吧。

會話例2 （在辦公室走廊上）

ええと、
君は確か企画部の木村君だったね

呃……
你應該是企劃部的木村吧。

はい、木村です。
この春から人事部の課長をさせていただいております

是！我是木村。
今年春天已經升為人事部課長了。

解說

「ええと」是在思考時爲爭取時間而使用的語詞，不分男女老幼，無論上下關係爲何都可使用，不需意識到尊卑關係。

此外，「ええと」也可用在如「ええと、メガネどこに置いたかなー」（呃……我把眼鏡放在哪了）的自言自語時，這也是「あのう」所沒有的機能。「ええと」和「あのう」都是接續用語詞，日本人可說是毫不思考地區分著兩者的使用。

每個人使用接續用語詞的習慣都不一樣，還有「えー」、「あのー」、「そのー」等各種接續性的語詞。

06

「すごく」、「とても」和「非常に」該如何區分使用

「すごく・とても」：強調事物時使用，是會話中常見的口語。

- ね、**すごく**お腹すいちゃった（〇とてもお腹がすいちゃった）
  嗳，我肚子好餓。
- 今夜は**すごく**冷えるよね（〇とても冷えるよね）
  今晚好冷喔。
- 外、雨、**すごく**ない？（×外、雨、とてもない？）
  外面的雨也下太大了吧？

「非常に」：強調事物時使用，正面、負面的強調都能使用。

- なでしこジャパンは**非常に**良い得点で勝ち進んでいます（〇とても／▲すごく）
  日本女子足球國家隊以非常出色的分數勝出。
- 他社に新製品の企画を出し抜かれ、**非常に**残念である（〇とても／▲すごく）
  新產品的企劃被其他公司搶得先機，很懊惱。
- 我が社が購入できるレアメタルは、**非常に**量が少ない（▲とても／▲すごく）
  本公司購買的稀有金屬非常少量。

主要用於強調事物

1 「すごく・とても」：強調事物時使用。（口語）

2 「非常に」：強調事物時使用，正面、負面的強調都能使用。（書面語）

如、如何？
唔……
非常にいいアイデアだ!!
是個非常好的點子！
非常に残念だ……
非常遺憾……

會話例1　（下午五點過後的辦公室）

今夜、残業に付き合ってくれないか。明日のプレゼンのグラフが完成しなくて

今晚和我一起加班好嗎？明天提案要用的圖表還沒完成。

昨夜も付き合ったんじゃないか。とても、そんなに付き合っていられないよ

昨晚不是也陪你加班了？今天實在沒辦法了。

解說

「彼女の料理、すごくおいしいんだ（とてもおいしいんだ）」（她做的料理，非常好吃（很好吃））。這是爲了強調她做的料理有多美味的口語表現，如果以打分數的方式來呈現的話，「すごく」有九十分以上，相對的「とても」則是八十分以上的感覺，也就是說「すごく」強調的程度更高。

此外「とても」還有「すごく」沒有的否定用法。例如「彼女さ、自宅に招いてくれるのは嬉しいけど、とても食べ切れない量の手料理を作るんだ。一緒に来てよ」（她邀請我去家裡玩，雖然很高興，但是她做的料理實在是多到吃不完，你也一起來吧），像這樣「とても……ない」（實在是……不……）的用法。

上圖中的對話列舉的也是「實在沒辦法再陪你加班了」的否定用法。

會話例2　（在辦公室）

新製品のアイデア、非常に良いと社長からお褒めの言葉をいただきました

社長誇獎了新產品，說我們的創意非常好。

それは良かった。僕もとても良いアイデアだと思っていたよ

那太好了。我也覺得那是很好的創意。

解說

「非常に」意味的領域非常廣泛。如會話例中所說，無論是正面或負面意義都可以使用。

A「株主総会は非常に順調に進んだ」（股東大會進行得非常順利／正面形容）

「彼は非常に熱心に仕事にとり組みました」（他非常熱心於工作／正面形容）

B「外気温が非常に低下した結果……」（室外氣溫非常低，結果導致……／負面形容）

B例中，後文應該還會繼續下去。例如「快孵化的雞蛋大部分都龜裂了」、「水管凍結了」等負面的文章內容。

07 「思う」和「考える」該如何區分使用

「思う」：表現主體感情，富有情緒性。
「考える」則表現主體思考，帶有理論性。

● 昨日は、一日中、あなたのことを**思って**ました（○考えました）

我昨天一整天都在想你。

● あなたに、今日こそ**思い**のたけを打ち明けたいんです（×考えのたけ）

今天一定要把心意告訴你。

● これ、よく**考えた**末の結論なんです（×よく思った末の結論なんです）

這是我考慮後的結論。

● 僕のこと、**思って**くれてますか？（▲考えてくれてますか↓意思不同）

你有沒有想我？

「考える」：理論性的，推論的結果，和其他事物做比較的思考模式。

● **考えた**結果、やはりお見合いをお断りすることにしました（×思った結果）

考慮的結果，我還是決定拒絕相親了。

● いいか、資料を見て企画を通すかどうかよく**考える**んだ（×よく思うんだ）

聽好了，看過資料後仔細思考，是否要讓這企劃通過。

● **考えて**も、**考えて**も結論が出ない（×思っても、思っても、結論が出ない）

無論怎麼思考都得不出結論。

是主觀？還是客觀？

「思う」：從主觀感情中產生的東西。

2 「考える」：主體性的思考，帶有理論性。

會話例1　**（在咖啡廳）**

ね、つき合う前、
僕のことどう思ってた？
（▲考えてた？）

欸，我們交往前，妳覺得我怎麼樣？

あなたのことね、
やさしそうな人だなって思ってた
（×考えてた）

那時我覺得你是個看起來很體貼的人。

解說

「我思故我在」。這是法國哲學家笛卡兒的名言，日語翻譯爲「我思う、ゆえに我あり」。不過仔細想想或許應該翻譯爲「我考える、ゆえに我あり」比較適當。

「思う」這個動詞也有「思いつく」（想到，想出）的引申用法，多半使用於腦中靈光一現的場合。但笛卡兒名言中的「我思う」強調的是理論性的、秩序性的思考，所以應該用「我考える」比較適當。

會話例中，男友問「妳覺得我怎麼樣」，女友說「我覺得你是個看起來很體貼的人」。這時的「思う」（我想）充其量只是一種情緒性的情感。

會話例2 （在咖啡廳）

部長、ぜひC案でお願いします。
我　が昨夜残業して
考え抜いた結果なのです

部長，請務必採用C提案。
這是我們昨晚熬夜加班，徹底思考後的結果。

では、A案、B案も
比較検討した上での結論なんだね

那麼，這是和A提案、B提案比較思考過後的結論了吧。

解說

「考える」中含有各種要素。像會話例這樣用在比較性的思考上，或是在預設「如果是這樣會怎麼樣」時的思考上都有可能。

身爲上班族的重要能力之一就是「解決問題的能力」，不過這裡的解決應該是「考えて解決」（思考過後的解決），而幾乎都不是「何かを思って解決できる」（想到什麼就能解決）的。

人類在孩提時代從「高興、開心、害怕」的念頭（思うところ）爲起點，逐漸培養出思考能力，也在愈來愈多事物上「思考」（考える）了吧。

08

「事」和「こと」該如何區分使用

擁有實質意義的名詞，使用漢字「事」。

● 相談って、そんなに重大な**事**なの？

你說要商量，事情真的那麼嚴重嗎？

● 実は会社の金を使い込みまして……、悪い**事**とは分かっているのに

其實，我盜用了公司的公款……明明知道這是壞事。

● **事**が**事**だけに、上役に内緒にしておくわけにはいかないな

因為事態嚴重，不能瞞著上面的人。

● そんな**事**言わないで、内密にお願いしますよ

請不要說這種話，拜託務必保密啊。

未擁有實質意義的名詞（形式名詞），使用平假名「こと」。

● 富士山に**登ったこと**ある？

（登った，過去式＋こと＝經驗）

你登過富士山嗎？

● 彼はよく富士山に**登ること**があるそうだよ（登る，現在式＋こと＝習慣）

他好像常去爬富士山。

● オフィスで私用の電話を**しないこと**

（規則或規定）

不要在辦公室打私人電話。

重點在於有沒有「擁有實質意義」

1 「事」：使用於代替擁有實質意義的名詞。

会社の金で
遊んでしまった。
悪い事なのに……
用公司的錢吃喝玩樂。
明明是壞事……
耶～♪

2 「こと」：使用於代替未擁有實質意義的名詞。

會話例1　**（和客戶開完會時）**

君、取引先から
営業担当を変えるように言われたよ

客戶要求我把你這個業務負責人換掉喔。

そんな!?
(何か失礼な事、言ったかな?)

怎麼會？
（我說了什麼失禮的話嗎？）

口には出さなくても、
態度に出てるんじゃないか?

就算沒說出口，
也表現在態度上了吧？

解說

「事」和「こと」是分開使用的（使い分けられることになってる）。這句中「ことになってる」的「こと」不具有作爲名詞的實質意義，稱爲形式名詞。

形式名詞「こと」寫成平假名是文法上的規定，但事實上還是經常被寫成漢字「事」。這時我們會說「そんな細かい事、覚えられません」（區分得這麼細，根本記不清楚），這裡的「細かい事」也可以說是一種事態（名詞），所以可以使用漢字「事」。

此外還有像是「昨日の事は思い出せません」（昨天的事想不起來）這樣的例子，即使想表達的是「行爲」或「狀態」，也可以使用「事」。

會話例2 （在家吃晚餐時）

あなた、
社長と食事することある？

你會和社長去吃飯嗎？

平社員の僕がそんなわけないだろ。
だけど、一回だけ社長室でコーヒーを出してもらったことはあるよ

一介普通員工的我怎麼可能啊。
不過，曾有一次在社長室被招待了一杯咖啡喔。

解說

雖然有名詞的形式，卻沒有實質意義的形式名詞，除了「こと」之外，還有「ほう」、「ため」、「もの」、「だけ」、「ばかり」等，都寫成平假名。

「～こと」接在動詞之後，如「食べることがある」（會吃～，表習慣），「食べたことがある」（吃過～，表經驗），「こと」本身沒有實質意義，是用來表示習慣或經驗。

「芝生に入らないこと」（勿踏入草皮）、「オフィスではタバコを吸わないこと」（勿在辦公室吸菸）等句中的「こと」表示規則或規定，在這裡也並非擁有實質意義的名詞，而是形式名詞，所以寫成平假名。

09

「がんばる」和「努力する」該如何區分使用

「がんばる」：①努力②堅持自我③不為所動搖……等，有很多種意義。

● **十年がんばって、**やっとオリンピック選手になれた

努力了十年，終於成為奧運選手。（達成目標）

● 会社合併は決まったこと。君ががんばったって、決定は変わらないよ

公司已決定合併。你再怎麼堅持，也無法改變決定了。（堅持己見）

● 三日間も家の下敷きになったのに、**よくがんばれた**ものだ

連續三天都被壓在倒坍的房屋下，竟然能撐這麼久。（生存下來）

● **がんばれ！** あと百メートルだ

加油！還有一百公尺。（朝目標發揮力量）

「努力する」：為了達成自己希望的狀況而傾注全力。

● 血の出るような**努力**の結果、やっと微生物を発見できた

經過流血流汗努力的結果，終於發現了微生物。（致力於研究、學習）

● **努力**の甲斐あって、上司に認められ、海外支店長に栄転だ

努力有了代價，受到上司認同，榮升海外分店長。（在工作、任務上努力）

● あなたがいくら**努力**したところで、彼女と結婚するのは無理よ

不管你怎麼努力，都不可能和她結婚的。（人生中的努力）

「がんばる」和「努力する」不一樣嗎？

1 「がんばる」：「發揮力量」、「堅持到底」等，有很多種意義。

十年がんばって、
オリンピック選手に
なれた
努力了十年，
終於成為奧運選手。
很好!!
呼……
俺ががんばっても、
会社の決定は
変わらないのか…
就算我再怎麼堅持，
也改變不了公司的決
定啊……

2 「努力する」：為了達成自己希望的狀況而傾注全力。

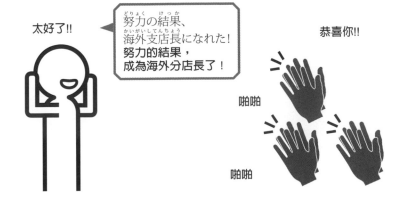

太好了!!
努力の結果、
海外支店長になれた！
努力的結果，
成為海外分店長了！
恭喜你!!
啪啪
啪啪

會話例1　（老年夫婦在客廳中）

あなた、
和夫も明日から会社員ですよ

老公，和夫明天起就是上班族了。

和夫もよくがんばったけど、
君もよくここまで子育て、
がんばってくれたね

和夫確實很努力，不過也多虧妳努力地把孩子拉拔得這麼大。

あなたががんばって、
六十五歳まで働いてくれたおかげ
ですよ

這也是拜你努力工作到六十五歲所賜啊。

解說

「がんばる」的語源來自「堅持自己」，「張大眼睛」等。被丟棄在南極大陸的兩隻狗，在艱難的環境中努力生存下來。看到這種情形的日本人一定都不吝於用「よくがんばった」（努力撐過來了）來讚美牠們吧。

然而，當我們對在地震或海嘯中受災的人們說「がんばってください」（請好好加油）時，這句話雖然本意是想鼓勵對方，事實上反而加強了對方的負擔。難免讓人有種「要在這種狀況中生存下來已經很吃力了，還要我努力什麼」的感覺。

就像探病時也最好不要說「請好好加油」一樣。

會話例2 **（企劃不通過時）**

昨年から準備したプロジェクト、予算がないからボツだって

從去年開始準備的企劃，卻因預算不足而不通過。

ああ、一生懸命やったんだけどな。所詮、努力っていうのは報われないことが多いんだよな

是啊，明明拚命努力了。
不過，努力這種東西，常常得不到回報呀。

解說

現代的倫理觀已經從「努力」演變爲「與其不著邊際的努力，不如好好享受人生」了。

現代人常說的是「越是埋頭於工作的人，老了越容易癡呆」、「努力的人很少是天才」等等。

然而，真的是這樣嗎？

奧運選手們流血流淚的努力，都是爲了獲取金牌，日本女子足球國家隊的成績，也是努力的代價。

無論社會的倫理觀如何演變，人類應該都不會放棄「努力朝目標前進」吧。

10

「所」和「ところ」該如何區分使用

表示場所、地點、個別之處時，寫成漢字「所」。

- この地区、区画整理で来月から新しい**所**に引っ越します
  因為這地區重整分區，所以下個月開始要搬到新的地方去。
- 引っ越す**所**はどこですか
  要搬到哪裡去？
- きのう営業で行った所は私の生まれた所です
  昨天跑業務時去的地方，就是我的出生地。
- あんな**所**で育ったのか！
  你竟然是在那種地方長大的！

表示動作的狀態時，寫成平假名的「ところ」。

- これからアイスクリームを食べる**ところ**だよ（事前）
  現在正要開始吃冰淇淋呢。
- 今、アイスクリームを食べている**ところ**だ（現在進行中）
  現在正在吃冰淇淋呢。
- アイスクリームを食べたところだ。おいしかった（事後）
  剛才吃了冰淇淋，好好吃。

寫成漢字和平假名意義完全不同！

1 「所」：表示場所、地點。

新しい所に引っ越す
搬家到新的地方。
生まれ育った所
出生成長的地方。

2 「ところ」：表示動作的狀態。

これから
食べるところ
正要吃。
終於來了!!
食べている
ところ
正在吃。
嗯，好吃♪
食べたところ
吃完了。
哎呀～
真好吃!!

會話例1 **（在辦公室閒聊時）**

部長	君、生まれた所って、去年津波の被害を受けた所じゃないの？	你出生的地方，是不是去年海嘯時受災的地方？
部下	ええ、二階まで水につかって、大変でした	是的，水淹到二樓，災情很嚴重。
部長	新しい所に引っ越す気はないの？	不想搬到新的地方去嗎？

解說

寫成漢字「所」時，就表示要進行什麼的場所，或是有著什麼的場所。

「場所」以英文來說就是a place，「特定的場所」就是a spot，日文一樣是「所」，英文中卻根據意義不同而有不同寫法。

「何て気持ちのいい所だ」（真是令人感到舒服的場所）是place，「このキッチンが家の中で一番居心地の良い所なの」（廚房是家裡讓我待得最舒服的地方）則應該是spot才對。

「所」最初的原意是「一個區域高起平坦的場所」，後來發展成泛指所有擁有特定條件的區域，成爲現在這樣的用法。

會話例2 （離開公司後打電話時）

女友

今どこにいるの？　　你現在在哪？

私は会社を出るところ　　我正要離開公司。

男友

僕も会社を出たところだよ。　　我也剛離開公司。

十分後にいつもの場所で落ち合おう　　十分鐘後老地方碰頭吧。

解說

「～ところ」表示動作的狀態時，就寫成平假名。

不管是什麼動作都會歷經一段時間幅度。視動作正進行到哪一個階段（佔多少比率），可用「動詞終止形＋ところ」表示事前，「動詞連用形＋ている＋ところ」表示正在進行中，以及用「動詞過去式＋ところ」來表示事後的動作。

打電話給蕎麥麵店催促外送時，常會得到「あ、今出たところです」（啊，現在剛送出去）的回答。然而，是否真的已經送去可就不一定了。說不定根本就是「これから出るところ」（現在才正要送出去）呢。

11

「あります」和「ございます」該如何區分使用

「ございます」是「ある」的丁寧語，比「あります」的禮貌程度還高。

- 昨日の夕刊でしたら、棚の下の段に**ございます**よ（也可用ありますよ）
  如果是昨天的晚報，在櫃子最下層喔。
- 何か、質問が**ございます**か？（也可用ありますか？）
  請問有什麼問題嗎？
- いえ、こんな良縁をお断りするなど、めっそうも**ございません**（也可用ありません）
  不，怎麼會拒絕這麼好的一門親事呢，沒這回事。
- お宅にある李朝の壺、あれ、お売りになる気が**ございません**か？（也可用ありませんか）
  府上的李朝古壺，不知道有沒有意思出售呢？

「ございます」是江戶時代之後，在「ござる」後加上「ます」，形成現在的句型。

- 私、木村太郎で**ございます**（也可用です）
  我是木村太郎。
- 弊社で**ございます**が、創立百年を迎えます（也可用〜ですが）
  本公司即將創立百年。
- あ、今の警報は誤作動によるもので、何でも**ございません**（也可用何でもありません）
  啊，剛才那是誤觸警報，沒什麼事。

「ございます」是江戸時代的語言！

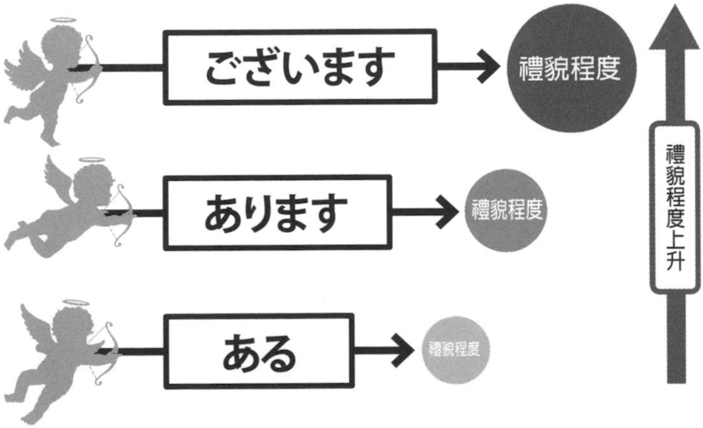

重點

「ございます」是將江戸時代的「ござる」後面加上「ます」形成的句型。

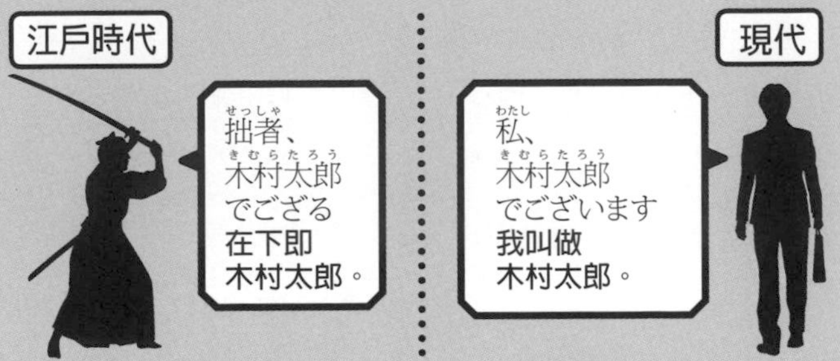

江戸時代
拙者（せっしゃ）、木村太郎（きむらたろう）でござる
在下即木村太郎。
現代
私（わたし）、木村太郎（きむらたろう）でございます
我叫做木村太郎。

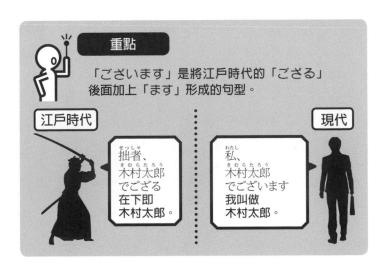

會話例1　（在客廳）

ねぇ君（きみ）、
どこかにヘソクリあるんだろう？
こういう時（とき）に出（だ）してくれないかなー

我說妳啊，應該有藏點私房錢在哪吧？這種時候能不能拿出來啊～

ヘソクリなんてありませんよ。
安月給（やすげっきゅう）のあなたの給料（きゅうりょう）で、
どうやってヘソクリ作（つく）るんですか？

才沒有什麼私房錢呢。你每個月就這點薪水，我要怎麼藏私房錢？

解說

使用「ある」、「あります」寫成上面這對夫妻的會話例時，妻子用的是「ヘソクリなんてありません」（才沒有什麼私房錢），這在文法上比起「ヘソクリなんてない」禮貌程度更高。而比「ありません」禮貌程度更高一層的則是「ございません」。

明明是親密關係的兩人，使用禮貌程度太高的句型，有刻意拉遠兩人之間距離的作用。這在夫妻吵架時是很典型的用法。如開頭例句中使用「ございます」時，說話的對象也不是自己人，和對方的關係較不親近。

會話例2 （在酒吧喝酒時）

顧客：あ、たばこ切らしちゃった。
マスター、たばこ近くで売ってる？

啊，香菸沒了。
老闆，附近有賣菸的地方嗎？

老闆：店の横に自動販売機がございますが。
でもお客さん、店内は禁煙ですよ

本店旁邊的自動販賣機有賣。不過客人，店內是禁煙的喔。

解說

時代劇中經常可聽見日本武士使用的「ござる」，如果用時代劇的台詞詮釋上面的例句，就會是「あるじ、どこかに煙草はござらぬか」了吧。

「ござる」是橫跨室町時代到江戶時代的男性用語。從「その件でござったな」（是那件事吧）變化爲「その件でございましたね」的用法，最後演變爲如今的用法，並固定下來，成爲「男女皆可使用的丁寧語」了。

另外，字典中也會用漢字標記，寫成「御座います」。

第 2 章

很像但是不一樣的「小差異」

12

「つきましては」和「そこで」哪裡不一樣？

「つきましては」和「そこで」都是接續詞，在轉換話題進入正題前使用。

- （～と結婚します）。**つきましては**、部長にぜひ仲人をお願いしたいと思いまして
  （我要和～結婚），因此，想請部長務必擔任我們的主婚人。
- **つきましては**社長に巻頭言をご執筆いただけないでしょうか
  因此，不知是否可請社長執筆前言的部分呢？
- **つきましては**、我が社のパーティーにぜひご出席いただきたく……
  因此，想請您務必出席本公司的派對……

相對於「つきましては」屬於較正式的口吻，「そこで」則使用於隨性的對話中。

- （彼女と結婚するんだ）、**そこで**君、司会を引き受けてくれないかな
  （因為要跟她結婚了），所以你能不能接下司儀的任務啊？
- **そこで**、社長に巻頭言の執筆を頼もうと思って、どうだろう
  所以，我想拜託社長執筆前言的部分，你覺得如何？
- **そこで**、木村君にも出席してもらおうかと思うんだが
  所以，想問看看木村你能不能也出席呢？
- **そこで**だね、思い切って社屋を郊外に移転しようと考えているんだ
  就是因為這樣啊，所以考慮乾脆把公司轉移到郊區去好了。

改變話題，進入正題前使用

重點是「正式與否」

1 「つきましては」：用在較為正式的場合。

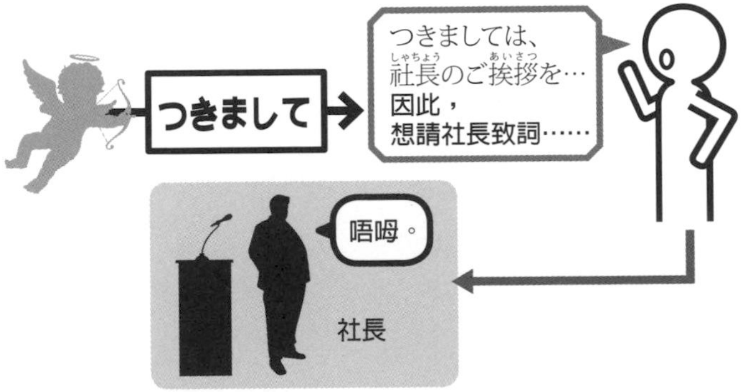

つきまして
つきましては、社長のご挨拶を…
因此，想請社長致詞……
唔姆。
社長

2 「そこで」：也可以用在隨性的對話中。

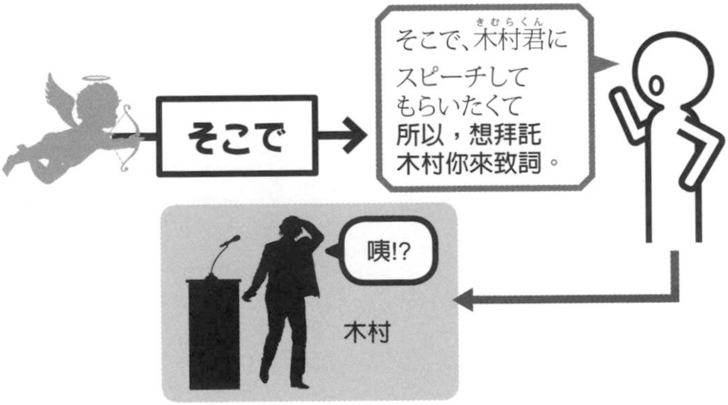

そこで
そこで、木村君にスピーチしてもらいたくて
所以，想拜託木村你來致詞。
咦!?
木村

會話例1 （向上司報告要結婚的事）

来年の春に、人事課の門倉さんと結婚することになりました。つきましては、部長に結婚式の仲人をぜひお願いしたいと思っております

明年春天，我要和人事課的門倉小姐結婚了。因此，想請部長務必擔任我們結婚典禮時的主婚人。

他ならぬ君の頼みだから引き受けよう。式場は決まったの？

既然是你的拜託，我就接受吧。婚禮場地已經決定了嗎？

解說

想拜託對方擔任結婚典禮的主婚人。首先，先報告即將結婚的事，當對方是身分地位高於自己的人或關係較遠的對象時，在進入正題之前先以「つきましては」做開場白。向對方借錢的情況也可適用。

「ここ三か月給料が遅配になっていて……」（最近這三個月薪水都遲發了），先闡明現狀作爲開場白，再進入正題：「つきましては、当座の生活費として五十万円ほどお借りできませんでしょうか」（因此，可否向您商借五十萬圓左右，作爲救急的生活費）

「つきましては」可視爲「接下來要進入正題」時的一個暗示。

會話例2　**（在舊公寓的一間房內）**

あなた、持ち家の頭金も準備できたし、
アパートを出て
そろそろ自分の家に住みたいわ

老公，買房子的頭期款也準備好了，差不多該搬出這棟公寓，住在自己的房子裡了吧？

うーん確かに。
そこでだけど、思い切って実家を
二世帯住宅にして一緒に住むのは
どうかな？

嗯，妳說得沒錯。所以，我是想乾脆把老家改建成兩代同堂的房子大家一起住，妳覺得如何？

解說

將接續詞「つきましては」翻成英文時，會是concerning～這樣比較正式的用法，而若要切換爲隨性的「そこで」時，也可以用now（さて）這樣的口語表現來當開場白，切入正題。

日語區分爲「常體」（不含敬語的文體）和「敬體」（包含敬語的文體）來使用，在翻譯成英語時當然也應該有所區別。

會話例的夫妻對話中，丈夫是以「そこで」作爲開場白，如果他用的是「つきましては」，就夫妻關係來說就太生疏了。

「そのうち」和「いずれ」哪裡不一樣？

「そのうち」是表示「到實現為止所需的時間不用很久」時的用語。

● 君にも、海外出張の機会が**そのうち**あると思うよ

很快，你也會有到國外出差的機會。

● 部長も、**そのうち**栄転ですね。楽しみだなー

部長很快就要榮升了呢。真令人期待。

● 「禁煙」の場所が多いね、**そのうち**タバコやめようと思うんだ

「禁菸」的場所很多呢，我想不久後我就會戒菸了。

● 耐震構造にしておかないと、**そのうち**、大地震が来ますよ

如果不採用耐震構造的話，大地震不久之後就會來了。

「いずれ」表示的是比「そのうち」更遠的將來。

● 大丈夫。**いずれ**退院できますから、気長に治療を続けて下さい

不要緊。總有一天會出院的，請安心持續接受治療。

● 海外勤務が長くて気の毒だが、**いずれ**帰国させるからね

雖然很同情你被派駐國外的時間這麼長，但總有一天會回來的。

● 核戦争で、**いずれ**地球は滅びるだろう

總有一天地球會因為核戰而毀滅吧。

看似不遠其實不近的「そのうち」和「いずれ」

1 「そのうち」：表示距離實現所需的時間不用很久。

2 「いずれ」：表示的是比「そのうち」更遠的將來。

會話例1 **（病人問醫生）**

先生、
いつごろ退院できそうですか?

醫生，什麼時候可以出院？

病状が回復に向かっているので、
そのうち退院できますよ

病情已經在恢復當中，很快就能出院囉。

解說

只要是人都會死。可是什麼時候會死卻沒有人知道。不過，一旦被說「そのうち死ぬ」（不久後就會死），總覺得死亡緊迫逼人，不免心生憂慮。

有的醫生會說「そのうち退院できる」（很快就能出院），也有的醫生會說「いずれ退院出来ます」（總有一天可以出院），不過我們都寧可選擇相信「そのうち」。這是因爲「そのうち」給人的感覺是比「いずれ」還近的將來。

這兩個單字非常相似，都可表示不遠的將來，但是都沒有清楚地說出「是將來的什麼時候」。

會話例2 **（在客廳）**

あなた、がんばっているのに、
全然昇進しないのね

老公，你明明很努力，卻完全沒升官耶。

大丈夫、いずれ昇進するよ。
うちの会社年功序列だからね

別擔心，總有一天會升官的。
因為我們公司是採取年功序列制。

解說

「そのうち」並非確信，而是「無法清楚說出會是什麼時候，大概會是……」，用這種方式含糊表達不確定的要素，避免斬釘截鐵的斷言。

相對的，「いずれ」則給人「雖然無法肯定是什麼時候，但一定會實現」的感覺，表達出強烈相信的心情。

隨著每個人的語感不同，也會改變每個人對這兩個單字的認知與解讀。另外，我們也經常以「近いうちに、近日中に」（近期內，最近找個日子）搭配「そのうちに」來使用。

14

「大体」和「ほぼ」哪裡不一樣？

「大体」（大致上）指的是接近全部或完全的狀態。

● 明日のプレゼンの準備、**大体**できました（○ほぼ）

明天的提案準備，大致上都完成了。

● 今度のプロジェクト、**大体**いくらぐらい予算がつくんだろうね（×ほぼ）

下次的計畫，大概能獲得多少預算呢。

● 来年の会社行事、**大体**の予定を立ててみてくれないかな（×ほぼ）

明年公司的活動，你能先大致上預定出來嗎？

● 彼は**大体**、常識に欠けていると思いませんか？（×ほぼ）

你不覺得他大體上缺乏常識嗎？

「ほぼできました」（幾乎完成了）比「大体」的完成度更高，近乎完美。

● 明日のプレゼンの資料、これで**ほぼ**でき上がりだ（○大体）

這麼一來明天提案的資料就幾乎完成了。

● 大統領のスピーチが国民に感銘を与えることは**ほぼ**間違いない（×大体）

總統的演說帶給國民深刻的感動，這是幾乎不會錯的。

● 本社は**ほぼ**完成し、あとは駐車場の整備だけです（○大体）

總公司幾乎已建設完成，只剩下整頓停車場而已。

「大体」和「ほぼ」的些微差異

接近全部或完全的狀態

1 「大体」：有「除了小細節之外」的語感。

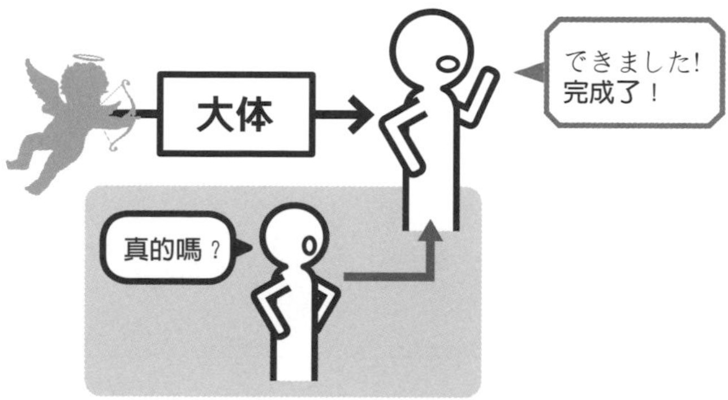

2 「ほぼ」：就語感來說接近99%了。

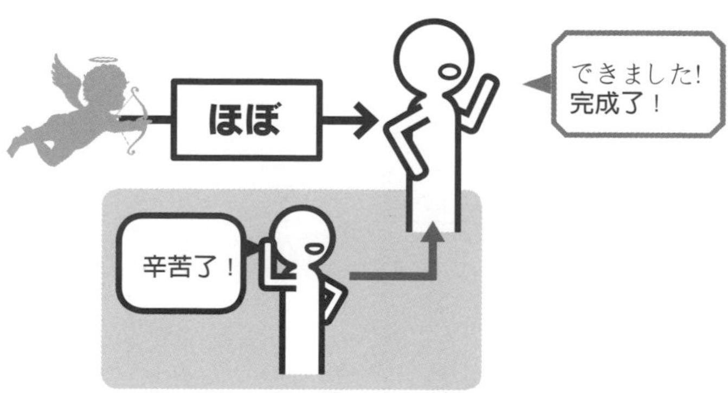

會話例1 **（結束出差報告時）**

札幌出張ご苦労だったね。
出張報告でつけ加えることは？

札幌出差辛苦了。
出差報告還有沒有什麼要補充的？

はい、特にありません。
報告は大体そんなところです

是，沒有特別需要補充的。
大致上都在報告中提出了。

解說

員工對社長做出差報告時，以「大体そんなところです」（大致上是這個樣子）爲總結。

這裡的「大体」（大致上）指的是在這趟出差的大大小小事情中，除去細節部分，只報告主要部分的意思。也可以當作「雖然不是全部，但也幾乎全部」來使用。

「大体」的程度到哪裡，必須因場合而異，也沒有一個清楚的範圍。視不同的情況，有時報告者即使刻意避開重要部分報告，依然可以算是「大体」，就算多多少少扭曲了內容，還是可以算「大体」。

會話例2　（男友來家中過夜）

ねえ、パパ。
和夫さん、今夜泊っていってもいいでしょう？

噯，爸爸。
和夫今晚在家裡過夜可以吧？

何言ってるんだ。
まだ結婚前だろう。
大体彼は常識に欠けているんだ

妳在說什麼。
你們還沒結婚吧。
大體上，他這個人就是缺乏常識。

解說

「大体」和「ほぼ」的用法非常相似，但以實際感覺來說，「ほぼ」更接近完全，可說已達到九十九％的境界。

「大体」也經常用在句首，指第一項想列舉的事。如「大体、日本の予算はどうなっているんでしょうね」（說起來，日本的國家預算到底變成怎樣了啊）、「彼は、大体常識に欠けていると思います」（他啊，說起來就是缺乏常識）、「大体、君が変なこと言い出すからいけないんだ」（說起來，還不是先亂講話的你不好）等。

總的來說，「大体」後面大都跟著壞事。此時便不可和「ほぼ」做置換。

「聞ける」和「聞こえる」哪裡不一樣？

「聞ける」是自己想聽而聽。

- 今夜、サントリーホールに行けばドミンゴの歌が**聞けます**よ
  今晚只要去三多利音樂廳，就可以聽多明哥唱歌喔。
- この電子辞書、鳥の声が**聞ける**んです
  這台電子字典可以聽鳥的聲音。
- iphone が壊れて音楽**聞けなく**なっちゃった
  iphone壞了，不能聽音樂了。

「聞こえる」是指自然進入耳朵的聲音。

- ね、滝の音が**聞こえない**？
  噯，有沒有聽見瀑布的聲音。
- 夜中にミシッ、ミシッていう音が**聞こえた**んだ
  夜裡聽見了吱吱嘎嘎的聲音。
- もしもし、僕の声、**聞こえます**か？
  喂喂，聽得見我說話嗎？

重點在於有沒有「想聽的意思」

1 **「聞ける」：自己想聽而聽**。

2 **「聞こえる」：指自然進入耳朵的聲音**。

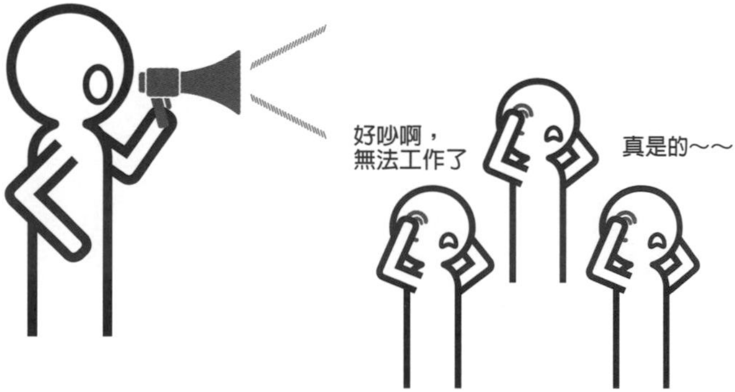

會話例1　**（在新進員工研習時）**

君、さっきから上の空で、
僕の話を聞いているのか？

你從剛才就心不在焉，
有沒有聽見我說什麼？

聞いていますよ
（上の空だなんて、ひどい！）

我有在聽啊。
（說我心不在焉，太過分了！）

解說

「満員電車で、まわりの人にも聞こえるくらい大きな音で音楽を聞いている若い人がいるでしょう。あれでよく耳が破裂しないなと感心しちゃいますよ」（在客滿的電車上，經常有年輕人用別人聽得見的音量聽音樂吧。我真佩服他們那樣耳膜都不會破掉。）

當然，在電車上他們都是用耳機聽的，但對周圍的乘客來說還是「うるさい音楽が聞こえる」（聽得見吵鬧的音樂聲），這時可絕對不能用「聞ける」喔。

這是因爲，就算不想聽也會自然進入耳中的聲音都要用「聞こえる」，使用「聞ける」時則表示那是發自內心想聽的聲音。

會話例2 **（在國會議事堂）**

議員

消費税の増税に反対の声があちこちで聞かれるんですが……

到處都能聽見對消費稅增稅的反對聲浪……

首相

しかし、僕のほうには賛成の声も多く聞こえてくるよ

可是，我聽到的大多是贊成的意見喔。

解說

「聞かれる」又是在什麼時候使用的呢？也可以像「聞ける」、「聞こえる」一樣，用在鳥鳴或巴洛克音樂上嗎？

「政府の対策が遅かったという不満があちこちで聞かれる」（政府應對遲緩，到處都能聽見不滿的聲音）、「巨大地震は百五十年の周期で来る、という学説も聞かれる」（大地震的週期是一百五十年，也聽過這種學說），像這種並非實際傳進耳朵的聲音，而是當聽見某種意見、主張、風評等，就使用「聞かれる」。

16

「この頃」和「最近」哪裡不一樣？

「この頃」和「最近」都指距離說話者很近的過去。

- **この頃**（○最近）夫が太ってきて、心配なの

這陣子我先生胖了。我很擔心。

- **この頃**（○最近）地震が多いけど、大丈夫かな－

這陣子地震很多，沒問題嗎？

- **この頃**（○最近）、車の保険を見直す人が増えているみたい

這陣子重新檢視汽車保險的人好像增加了。

- **この頃**（○最近）、記憶力が落ちてきたような気がする

這陣子覺得記憶力好像減退了。

「この頃」至少是一年内，「最近」則大概可以用到五年内為止。

- **最近**（×この頃）五年間を例にとると、営業成績は横ばいで……

以最近五年内為例，業務成績都沒有成長……

- **最近**（×この頃）、退職した加藤さんに会ったんだ

最近，和離職的加藤先生見面了。

- **最近**（×この頃）、福島で原発事故が起きた

最近在福島發生了核電廠事故。

「この頃」和「最近」最大的不同

都是指距離說話者很近的過去

1 「この頃」：指一年之內。

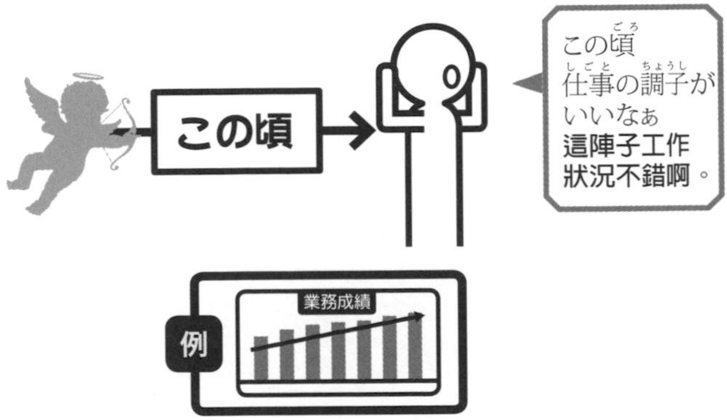
この頃
この頃
仕事の調子が
いいなぁ
這陣子工作
狀況不錯啊。
例
業務成績

2 「最近」：可指到五年之內。

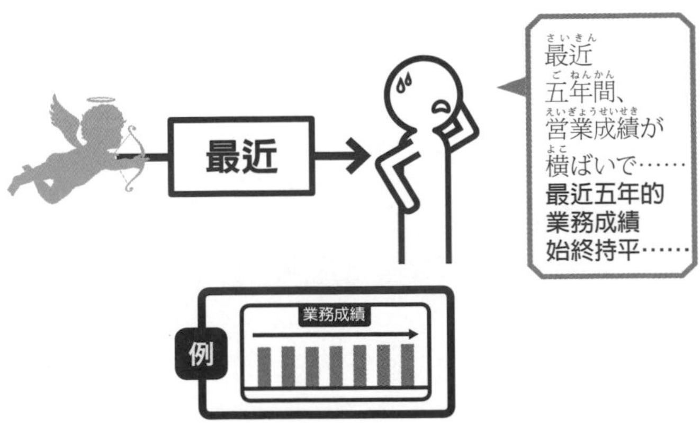
最近
最近
五年間、
営業成績が
横ばいで……
最近五年的
業務成績
始終持平……
例
業務成績

會話例1　（一邊看銷售曲線圖）

員工A：最近、売上が落ちてきてるんですよ

最近營業額在往下掉呢。

員工B：そうなんだ。最近って、いつ頃から？

這樣啊。最近，是指從什麼時候開始？

解說

我們常不假思索地使用著「この頃」和「最近」，從時間幅度來看的話，哪一種用法比較長呢？

「この頃、ゴミ問題が深刻で……」（這陣子，垃圾問題日漸嚴重……）。以大部分人的語感來說，這種情形之下的「この頃」，至少指的是一年內吧。

相對的，在「最近五年間を例にとると、東京で一番深刻な問題はゴミ処理をどうするかということである」（以最近五年內爲例，東京最嚴重的問題是如何處理垃圾）這樣的例句中，「最近」則至少可能以數年爲單位。

會話例2 （在客廳）

ねえ、退職された部長さん、どうしているかしら

噯，退休的部長現在不知道怎麼樣了。

あ、彼、最近(× この頃)会社に顔を見せてね。お元気そうだったよ

喔，他最近有來公司喔。看起來氣色很好。

解說

如會話例②舉出的，「最近」使用於過去不久且只發生一次的事上。相對地，「この頃」則不會這樣使用。可以說「最近（×この頃）木村さんに会ったよ」（最近遇見了木村先生），這裡就不使用「この頃」。

然而在否定句時則兩者都可使用。「最近（○この頃）木村さんに会っていない」（最近一直沒和木村先生見面），或是「最近（○この頃）静岡では地震は起きていない」（最近靜岡沒發生地震）等等。在否定句中兩者指的都不是只發生過一次的事，而是「持續的動作」。

換句話說，前面的例句表達的是「一直沒發生地震的狀態」，因此兩者皆可使用。

17

「元気」、「健康」、「丈夫」、「達者」哪裡不一樣？

「元気」有身心健康，身強體健的意思。有力氣，有活力。

● 部長はいつも**元気**ですね。我　をぐいぐい引っ張ってくれますから

部長總是精神奕奕，不斷帶領我們前進。

● うちの主人は「**元気**で長持ち」、何といってもそれが一番です

我先生「有活力又耐操」，不管怎麼說這最重要了。

● さあ、みんな、頂上までもうひとがんばりだよ。**元気**に歩こう

各位，就快到山頂了。打起精神向前走吧。

● お母さん、**元気**（○達者）でいてくれよ

媽媽，妳要好好保重。

「達者」指的不只是身體，也可表示才藝精湛。「丈夫」則除了身體外還可用在物體上。

● 今度の新入社員歓迎会、Kさんに司会頼もう、何といっても口が**達者**だから

這次的新進員工歡迎會，想請K先生主持，畢竟他口才最好了。

● このスーツケース、**丈夫**ですよ。大事に使ってもらえば一生長持ちします

這個行李箱很堅固耐用。好好使用的話，可以用一輩子。

● 食欲があるのは、**元気**で健康な証拠。たくさん食べて**丈夫**に育ってね

有食慾就是活力與健康的證明。多吃一點，把身體養強壯。

雖然很相似，但有點不一樣的四個語詞

1 「元気（げんき）」

＝有力氣，有活力。

2 「健康（けんこう）」

＝身體沒有問題的狀態。

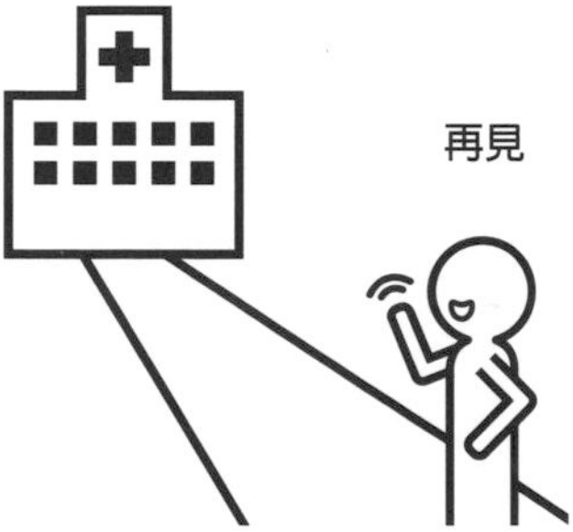

3 「丈夫（じょうぶ）」

＝不只是身體，也能用在物體上。

4 「達者（たっしゃ）」

＝不只是身體，也可指才藝精湛。

會話例1 （聽見新部長赴任的傳言）

四月から、
新しい部長が来るんだって

聽說四月開始新部長會來。

自宅から二時間かけて
自転車通勤だって。
すごく元気な人らしいよ

聽說是個從家裡騎兩小時單車通勤，
很有活力的人呢。

解說

隨著長壽社會的到來。「元気で長生き」（精力充沛且長壽），也逐漸成爲人生尾聲時的關鍵字。

電視廣告介紹著爲數眾多的營養保健食品，廣告裡出現「只要吃這個……」就能「元気に活躍する人」（精神奕奕活躍的人）、「健康で趣味にとり組む人」（健康地投入興趣的人）、「風邪をひかない丈夫な人」（身體強壯從不感冒的人）、「達者に陶芸作品を作る人」（擁有精湛陶藝的人）。在壓力大的日本社會中，在人生最後有多少人能擁有以上四項呢？

這四個關鍵字，也表達了人類所期盼的生存方式。

會話例2 **（在客廳）**

ね、冬の間だけでも、
ポチを家の中で飼ってあげましょう

噯，冬天這段期間，
把波吉養在家裡吧。

ポチは人間と違って、
外で暮らすようにできているんだ。
丈夫だから風邪なんかひかないよ

波吉和人類不一樣，
可以生活在室外。
牠身體強壯，不會感冒。

解說

從秋天到冬天，常可看見外出遛狗的人幫狗穿上衣服。

「犬は丈夫な生き物」（狗是身體強壯的動物）、「外でも健康に生きていける」（在外面也能健康地生活）、「犬は外で飼うもの」（狗就是要養在戸外），這樣的說法已經漸漸成爲過去。其實在眾多狗種類中，由於基因組合的不同，大部分的狗「都稱不上身強體健」，很容易因爲染上風寒感冒。

或許現在的狗，與其說是「元気で丈夫な番犬」（身體健康，不易生病的看門犬），不如說是帶給飼主心靈療癒的對象，因此也受到飼主的過度保護。不過牠們至少在精神上是很健康的。

18

「汚い」和「汚らしい」哪裡不一樣？

「汚い」不只限於衛生層面，也可用在心靈的汚穢上。

● **汚い**手ね。洗ってきて

手真髒，去洗一洗。

● A社の企業買収は、**汚い**手を使ったそうだよ

據說A公司的企業併購手法很骯髒。

● この報告書、字が**汚くて**読めないよ

這份報告字太醜了，很難讀。

● **汚い**やり方で勝っても、誰も勝利を認めないよ

用骯髒的手段獲勝，誰都無法認同。

「汚らしい」不能百分之百說一定是骯髒的，也可能是指某種氣氛或感受。

● 彼、いつもあんなに**汚らしい**格好をしているの？

他總是穿得那麼邋遢嗎？

● どこが**汚らしい**の。いつも清潔な服装しているのに

哪裡髒了？明明衣服都很乾淨啊。

● 何だか**汚らしい**ホテルだな。違うホテルにしない？

總覺得這飯店不是很乾淨。要不要換一間？

衛生層面？氣氛？

1 「汚い」：主要用在衛生層面上。

2 「汚らしい」：主要用在氣氛或感受上。

會話例1　**（從外面回家時）**

あなた、外出先から帰ったら
手を洗ってから食事して

老公，從外面回來後
先洗手再吃飯。

子どもに言うこと僕にまで言うなよ。
手、特に汚れてないよ

別拿跟小孩說的話對我
說，我的手又不髒。

解說

日本在世界上引以爲傲的除了「勤勉有禮」之外，就是「愛乾淨」了。愛乾淨，換句話說就代表討厭骯髒。

「そんな汚い手で触らないで下さい！」（別用你的髒手去碰！）、「どこが汚いの？今洗ったばかりなのに」（哪裡髒了？現在才剛洗過），這樣的對話在漫畫中很常見吧。一方面著眼於內心的骯髒，另一方面則把手髒不髒的重點放在衛生層面，這也是很有趣的地方。

「汚い手」（骯髒的手段）這個字，可說形容出了日本人最討厭的卑劣、惡劣、醜惡的一面吧。

會話例2 （正在吵架的情侶）

女友

お願い、
汚らしい手で私に触らないで

拜託，別用你的髒手碰我。

男友

もう別れないか？
汚らしいなんて言われたら、
それっきゃないだろ

乾脆分手算了？既然覺得我髒，就沒必要再繼續下去了。

解說

日語中有時習慣不直接說「汚い」，而以「汚らしい」來表達一種不明說的氣氛或感受。

「汚らしい手で触らないで」（別用你的髒手碰我）或「汚らしい部屋ですね」（這房間真邋遢）。像這樣，當我們具體指不出哪裡髒，但仍覺得「骯髒、髒亂」時，就會選擇用「汚らしい」這個字。

「女の子は汚い言葉を使うものではありません」（女孩子不要用那些不文雅的方式說話）、「彼の字は汚くて本当に読みづらい」（他的字真的醜得難以辨識），這邊用的都是「汚い」，表示說話者對詞彙或書寫的字體在禮貌或美觀程度上有一定的要求。

19

「つい」和「うっかり」哪裡不一樣？

「うっかり」和「つい」都可在心不在焉或不小心做了什麼時使用。

● 飲み会の帰りに**うっかり**他の人のカバンを持ってきてしまったんです（○つい）

聚餐完回家時不小心把別人的包包帶回家了。

● 携帯ゲームに夢中になって、**うっかり**乗り越しちゃった（○つい）

專注於手機遊戲，不小心坐過站了。

● 食事の約束、今日だっけ？　ゴメン、**うっかり**忘れていたよ（○つい）

我們是約今天一起吃飯嗎？抱歉，我不小心忘了。

● **つい**いつもの服で来ちゃいました。今日はフォーマルでしたね（○うっかり）

一不小心穿了普通便服來了，忘了今天該穿正式服裝。

對於習慣性的動作不使用「うっかり」。（意思不同）

● 彼のトーンの高いプレゼンを聞いてると、**つい**笑っちゃって（×うっかり）

每次聽到他用那高音調的聲音提案，就忍不住笑出來。

● 大好物の甘栗があると、**つい**手が出ちゃうんですよ（×うっかり）

一看到最喜歡的糖炒栗子，就會忍不住買下。

● 時間が気になると、**つい**携帯見てしまって。相手気を悪くしたかな（×うっかり）

一旦開始在意時間，就會忍不住看手機，這樣對對方很失禮吧。

兩者都可指心不在焉或不小心做了什麼

區別「つい」和「うっかり」的重點

1 「うっかり」：不使用在習慣性的動作上。

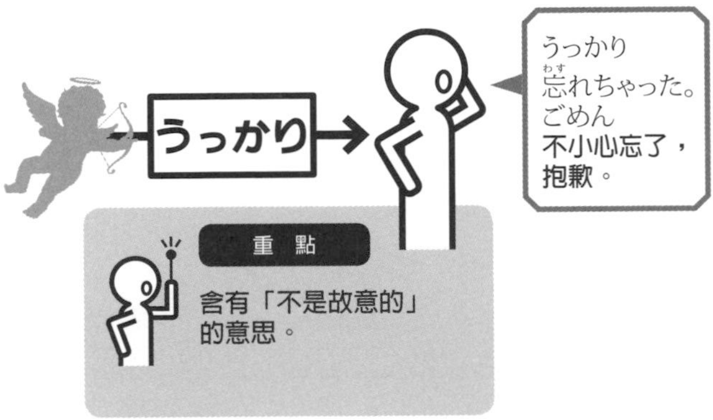
うっかり
うっかり
忘れちゃった。
ごめん
不小心忘了，
抱歉。
重點
含有「不是故意的」
的意思。

2 「つい」：帶有一點「實際上最好不要這麼做」的語感。

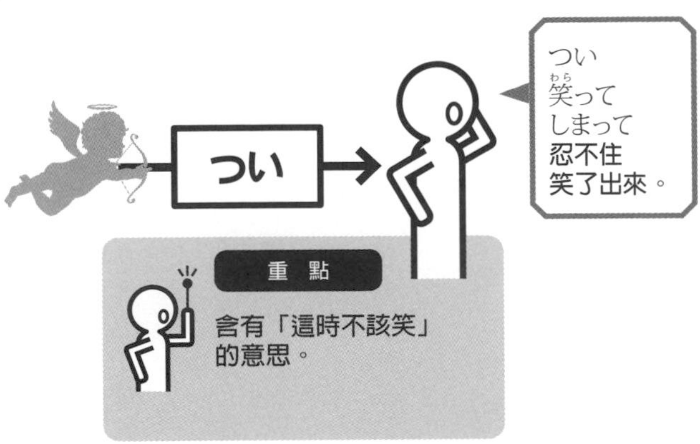
つい
つい
笑って
しまって
忍不住
笑了出來。
重點
含有「這時不該笑」
的意思。

會話例1　**（深夜裡的辦公室）**

何で電気消すんだ！
まだ残業中だよ

怎麼關掉電燈了！
我還在加班！

あ、Aさんまだいらしたんですね。
すみません。
うっかり電気を消しちゃって

啊，A先生還在啊。
不好意思，我不小心把燈關了。

解說

常聽人說「私はうっかりもので」（我是個冒失鬼）和「うっかりミス」（不小心犯下的失誤）等話吧。「うっかりもの」指的就是心不在焉，注意力不足的人，「うっかりミス」也是在注意力不夠時犯的錯。兩者都含有「因爲不是故意的，所以也沒辦法不是嗎」的語感。

上面對話的例子裡，想必也沒有人會去責怪因爲沒注意到A先生，而不小心關了電燈的B先生吧。

含有「因爲不是故意的」語感的詞彙還有「思わず」（不加思索地）和「無意識に」（無意識地）等。

會話例2 （在客廳）

女兒

お父さん、
また今夜も飲んできたんでしょう。
家で飲めばいいのに

爸爸，你今天晚上又去喝酒了吧？
怎麼不在家喝就好。

父親

いやー、部長に誘われると
つい断れなくてね。
お父さんの立場も大変なんだよ

哎呀，部長的邀約，
畢竟很難拒絕啊。
爸爸的立場是很為難的。

解說

「彼に誘われると、つい断れずに誘いにのってしまう」（只要他一約我，就總是無法拒絕，忍不住答應了）

「まっすぐ家に帰ろうと思うんだけど、コンビニを見るとつい立ち読みしたくなる」（本來想直接回家的，一不小心就站在便利商店看起書報了）

這些句子裡描述的都是一種習慣或戒不掉的毛病，而且說話的人心知「最好不要這樣」，這種時候就會選擇使用「つい」。

只要是人，即使想克制自己也會有所限度。明知「不能笑」或「不能睡」，但再怎麼告誡自己還是會有難以克制的「つい」發生。這種場合就不說「うっかり」了。

20

「汗だく」和「汗まみれ」哪裡不一樣？

「汗だく」形容人流了很多汗的樣子，同時也包含拼命努力的意思。

● 彼、陣痛が始まったら、会社から**汗だく**で駆けつけてくれたの

我一開始陣痛，他就滿頭大汗地從公司趕來。

● 高校野球、真夏に**汗だく**になって試合する姿は実にいいね

炎夏中的高中棒球賽，那汗水淋漓的比賽模樣真的很棒。

● 部長、ちょっと気の毒、取引先の苦情に**汗だく**で応対しているよ

部長真的有點可憐，滿頭大汗地應付著客戶的抱怨。

● あなたが**汗だく**で仕事をしたところで、どうせ会社は認めてくれないんでしょ

就算你工作得滿頭大汗，公司也不會認同的。

「汗まみれ」指的不只有人的樣態，也包括身上衣物被汗弄溼髒污的樣子。

● 久しぶりのテニスで**汗まみれ**になっちゃったよ。悪いけどこれ洗濯してくれる？

好久沒打網球了，打得一身是汗。不好意思，可以幫我洗這個嗎？

● そんな**汗まみれ**の服、他の洗濯物と一緒にしないで下さいね

那些滿是臭汗的衣服，請不要跟其他衣物一起洗。

● **汗まみれ**になって働いて、そこから収穫できた野菜！ これがおいしいんですよ

努力得一身是汗的結果，終於收成了這些蔬菜！一定很好吃！

重點是「有沒有被汗水弄髒」

1　「汗だく」：拚命努力，滿頭大汗的樣子。

クレームに
汗(あせ)だくで
対応(たいおう)してるのね
滿頭大汗地
應付抱怨呢。
是、是，
您說得是……

2　「汗まみれ」：連身上穿的衣物也被汗水弄髒了。

お父(とう)さんの
汗(あせ)まみれの
服(ふく)と一緒(いっしょ)に
洗(あら)わないで！
我的衣服才不要
跟有爸爸臭汗的
衣服一起洗！
大受打擊……
父親

會話例1　**（一邊看著銷售曲線圖）**

部長、今月の売上が
こんなに伸びていますよ

部長，這個月的銷售額
成長了這麼多喔。

君たちが汗だくになって働いた、
顧客層を広げてくれたおかげだ。
よくがんばったね

多虧有你們揮汗努力，
才能拓展客戶層，
做得很好。

解說

「汗だく」指的是揮灑汗水，拚命努力的模樣。這種時候流的汗是痛快舒暢的，類似運動時流的汗。

然而，「汗だく」有時也指心理層面。例如面對客戶抱怨時拚命辯解時的模樣。另外，「背中をじっとり流れる冷たい汗」（背後流了一大片冷汗）也屬於此類。這種汗水，就讓人不大想流了吧。

例句中上司讚美部下時說「汗だくになって働いた」（多虧有你們揮汗努力），也會讓部下覺得努力得有價值吧。

會話例2 （在自家庭院中）

あなた、そんなに汗まみれになって
草むしりをしなくてもいいのに

老公，你不用為了除草把自己弄得滿身大汗吧。

大丈夫。
昼飯食べたらもうちょっと続けるから、この汗だくのシャツを洗ってくれるかな
(草むしりができる家があるってのは幸せだな)

不要緊。
吃過中飯再繼續一下就好，要麻煩妳幫我洗這件沾滿臭汗的襯衫了。
（住在有草可除的房子真幸福啊）

解說

「汗だくの背中」和「汗まみれの背中」指的都是「汗水淋漓的背影」，兩者皆可使用。

不過，走在炎熱的大太陽下時，我們會說身上的衣服是「汗だくのシャツ」，卻不會說是「汗まみれのシャツ」。此外，形容拚命應付客戶抱怨的模樣時，會用「汗だくになる」，卻不會用「汗まみれになる」。

「汗みどろ」也是用來形容被汗水弄髒的樣子，卻又和「汗まみれ」不大一樣，幾乎不會使用在對物體時。另外還有「汗みずくになる」等，類似用語很多。

21

「わけ」和「はず」哪裡不一樣？

「わけ」和「はず」都表示事物的道理。

● 式場が安いからといって、仏滅の日に結婚式をあげる**わけにはいかない**（×はず）

不能因為場地便宜，就決定在大凶的日子舉行婚禮。

● わざわざ私を訪ねてきたのに、会わない**わけにはいかない**でしょう（×はず）

人家特地來拜訪我，怎能不去見一面。

● 上司があんなに頑固じゃ、会社を辞めたくなる**わけ**だ（×はず）

上司那麼頑固的話，當然會想辭職。

●「自立した女性には草食系男子がモテる」。その**わけ**、分かる気がするな（×はず）

「草食男較受獨立性強的女性喜愛」這個道理我好像有點明白。

「わけ」使用於對未來的假設，也可以用「はず」置換。

● 来年の今頃には、新しい建物に移れる**わけ**ですね（○はず）

明年的這時候，應該已經搬到新建築物裡了吧。

● 天気予報では、今日は一日晴れの**わけ**だが……（○はず）

根據氣象預報，明天一整天都該是晴天，不過……

● 会社のお金を使い込んだからには、このままですむ**わけ**がない（○はず）

這是盜用公款，不可能就這樣不追究。

事物的道理是否說得通

1 「わけ」和「はず」：表示事物的道理。

あの上司じゃ、
会社を辞めたく
なるわけだ
（○ はず）
有這種上司，
難怪想要辭職。
破口大罵
唔唔～

2 「～わけにはいかない」：道理說不通。

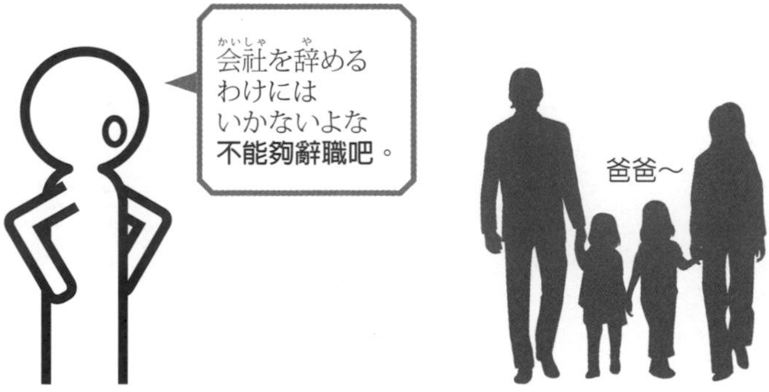

会社を辞める
わけには
いかないよな
不能夠辭職吧。
爸爸～

會話例1　**（在辦公室）**

今日、奥さんの誕生日でしょ？
早く帰ってあげたほうがいいよ

今天是嫂夫人生日吧？
早點回家比較好喔。

明日のプレゼンの準備が
まだできていないんだ。
帰るわけにはいかないよ

明天提案的準備還沒做好，沒辦法回家啊。

解說

日本人向來遵從日本社會的規範而生。不過，這些規範意識也隨著時代變化而崩壞改變。

「一家の主が食べ始めないのに、嫁の私がさっさと食べるわけにはいかないんですよ」（一家之主還沒動筷子，身爲媳婦的我怎麼能吃），這種連續劇裡的台詞，已經不適用於現代社會了。

上面會話例中「プレゼンの準備はできていないのに、帰るわけにはいかない」（提案的準備還沒做好，沒辦法回家），這「～わけにはいかない」的表現，就是用在無論從社會規範或道義看來，都應該這麼做的時候。

會話例2 （準備高爾夫球具裝備時）

いよいよ明日、ゴルフコンペね

明天終於要參加高爾夫大賽了呢。

あんなに練習したんだから、パターも決まるはずだよ（× わけ）

都練習那麼多了，一定會打出好球的。

解說

試著假設個什麼吧。「彼がここに泊まったとすれば、どこかに指紋が残っていてもいいわけ（はず）だ」（如果他曾在這裡過夜，在某處留下指紋也是應該的）、「彼にプロポーズされちゃった。来年の今頃には、彼と新居をかまえているわけ（はず）ね」（被他求婚了。明年此時，應該和他一起住進新居了吧）。如上例，當要表示假設結果時，「わけ」和「はず」是可以互相置換的。而「わけ」用來表示原因、理由時就不能用「はず」置換。例句如下：「彼女がどうして怒っているのか、さっぱりわけがわからない」（我一點都不明白她爲什麼生氣）、「仲の良かった二人がどうして離婚したのか、これでわけが分かった？」（那兩人感情那麼好卻離婚的原因，這下你該知道了吧）

22

「盗み聞き」和「盜聽」哪裡不一樣？

「盗み聞き」和「立ち聞き」都是指暗中偷聽他人說話。

● 大事な話をするから、**盗み聞き**されないように、扉の向こうを見てくれないか

有重要的事說，別被人家偷聽，請到門外看看（有沒有人）。

● あなた、あの子たち何を話しているか、**立ち聞き**してよ

你去偷聽一下那些孩子們在說什麼嘛。

● じゃ、隣の部屋で聞き耳を立てて盗み聞きするか

那麼，要在隔壁房間豎起耳朵偷聽嗎？

● お父さん、そんな所で私たちの話を**盗み聞き**していたの？

爸爸，你站在那種地方偷聽我們講話嗎？

「盜聽」指的是為了獲得情報而暗中接收電話或電波的行為。

● 部長、新企画についてお話ししたいのですが、この電話**盗聴**されていませんよね？

部長，我想跟您談談關於新企劃的事，這電話沒被竊聽吧？

● 大丈夫だよ。**盗聴器**は見当たらないし

沒問題，沒發現竊聽器。

● 新企画の内容が他社に漏れています。やはり**盗聴**されたようです

新企劃的內容洩漏到別家公司去了。果然被竊聽了。

在「情報收集」上採取的不同作法

1 「盗み聞き」：暗中偷聽他人說話。

2 「盗聴」：暗中接收電話或電波以獲得情報。

會話例1 （從公司回家路上）

部長が他社から引き抜かれるみたいだよ	聽說部長被別的公司挖角了。

え、どうしてそんなことご存知なんですか？	咦，您為什麼會知道這件事？

昨夜、行きつけのバーでね。盗み聞きするつもりはなかったんだけど、聞こえてしまったんだ	昨天我在常去的酒吧裡，雖然不是故意偷聽的，但就聽見了。

解說

「盜み聞き」（偷聽）這個日文字彙，是在人類社會中，爲了收集情報的這個目的而一直存在的用語。

戰國時代的對戰時，「藉由偷聽掌握敵軍動向」是最重要的課題。這也是俗語說的，「隔牆有耳，門上有眼」的由來。「聞き耳を立てる」或「立ち聞きする」也同樣是爲了獲取情報而採取的行爲，不過給人的印象沒有「盜み聞き」來得差。

這是因爲「盜み聞き」的意圖就在於不被對方知道，暗中偷偷收集情報的緣故。

會話例2 **（在手機店）**

上班族

すいません。
最近、この携帯電話が
盗聴されているような気がするんですが

不好意思。
最近總覺得這支手機有被人竊聽。

店員

お客さま、ご自分で
フタを開けられたことありますか？
ここに傷がついていますね

這位客人，請問您曾自己掀開這片蓋子過嗎？
這裡有傷痕喔。

上班族

やっぱり
何か四角いものが入っている。
これ盗聴器ですよね？

果然。
裡面有個四角型的東西耶，這是竊聽器吧？

解說

「盜聽」這個用漢字寫成的日語詞彙，只指透過電話收集情報，屬於比較新的詞彙。

最近連手機也會被人安裝竊聽器，如果在自己房間用手機講話，會聽見自己的聲音引起的回音。如果是房間裡被人安裝了竊聽器，可以用探測儀找出來。

徵信社在進行搜查時也會使用「盜聽」，但這依然是違法行爲。美國電影中常可看見政治人物在對手家中裝設竊聽器的情節。

23

「ひょろひょろ」和「ほっそり」哪裡不一樣？

「ひょろひょろ」是形容細長柔弱，腳步不穩的樣子。（負面形容）

● お前、ちゃんと食べているのか？背ばっかり**ひょろひょろ**伸びて

你有沒有好好吃飯啊？光是身高一味抽高……

● 日当たりが悪いのか、せっかく植えた木が**ひょろひょろ**としか伸びない

或許是日照不充足，好不容易種下的樹長得細細長長，歪歪扭扭的。

● あいつ、昨夜は飲みすぎて、**ひょろひょろ**歩きになってるな

那傢伙昨晚喝太多，歪歪扭扭地走回去了。

● お爺ちゃん、杖がなくて大丈夫？足元が**ひょろひょろ**してない？

老爺爺沒有拐杖不要緊嗎？看他走路搖搖晃晃的耶？

「ほっそり」指的是身材纖細的樣子。（正面形容）

● 今度来た部長秘書、**ほっそり**していてエレガントな人だね

這次新來的部長秘書，身材纖細，是個優雅的人。

● リンパマッサージして、**ほっそり**した顔を目指しましょう

淋巴按摩是為了擁有一張小臉蛋。

● 竹久夢二の美人画って、腰の**ほっそり**した和服姿の美人が多いですよね

竹久夢二的美人畫中多半是細腰纖瘦的和服美女呢。

雖然意思相同，卻分別是負面與正面的形容詞

1 「ひょろひょろ」：細長柔弱，腳步不穩的樣子。（負面形容）

2 「ほっそり」：身材纖瘦的樣子。（正面形容）

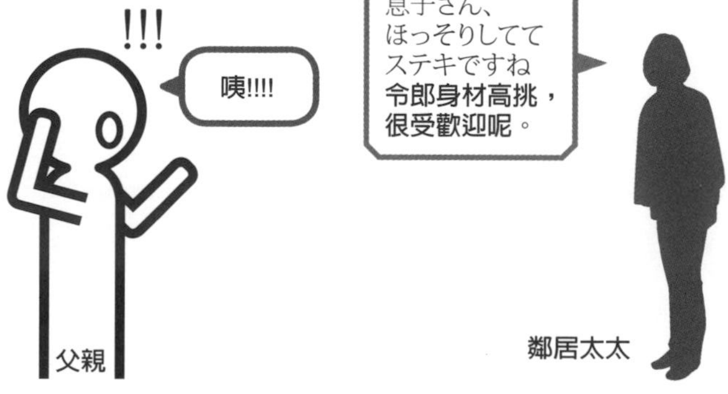

會話例1 （新員工分配單位時）

今度、企画部所属になった加藤君を紹介します

為大家介紹這次進入企劃部的加藤。

（やけにひょろひょろした奴だなー。仕事はできるのかな？）

（這傢伙看來弱不禁風啊。有辦法好好工作嗎？）

解說

「ひょろひょろ」和「ほっそり」都是擬態詞，用來形容事物的模樣。兩者的共通點都是「纖細」，不過ひょろひょろ給人的感覺偏向「營養不良」、「日照不充分」等瘦弱的印象。

此外，「ひょろひょろ」也可用在形容腳步不穩，搖搖晃晃的模樣。例如「彼は殴られて倒れ、その後ひょろひょろと立ち上がった」（他被毆倒後，搖搖晃晃地站起身）。

英語中的「ひょろひょろ」即是tall and skinny。換句話說是直接指出「又高又瘦」，沒有像日文的擬態詞。

會話例2　**（介紹結婚對象給父母認識時）**

兒子	お母さん、こちら由美子さん、僕の奥さんになる人だよ	媽，這是由美子，就是要成為我妻子的人。
母親	まあ、スラッとしていらして。息子をよろしくお願いします（こんなひょろっとした娘で大丈夫かしら?）	哎呀，身材這麼苗條。以後我兒子就拜託妳了。（這女孩瘦得弱不禁風，真的沒問題嗎？）

解說

對外表的感受是很主觀的。某人眼中的「ほっそり」，在另一個人眼中可能感覺「ひょろひょろ」，這和每個人的價值觀相關。

現代社會崇尚纖細、高挑的體型，稱讚人時會說「你這麼瘦真好」。但是若換到日本古代平安時代，恐怕會被認爲是「弱不禁風，一點魅力也沒有」吧。

日本古代的小野小町被譽爲世界三大美女之一，但她卻一點也稱不上纖瘦。幾百年後的價值觀一定也不會和現在一樣了吧。

第 3 章

容易混淆的「日語文法」

24

「お～になる」（尊敬語）・「お～する」（謙讓語）

尊敬表現有三種。

● あなた、昨夜はどこに**いらっしゃったん**ですか？（いる→いらっしゃる）

你昨天晚上上哪裡去了啊？

（妻子對丈夫使用敬語時就是要注意的時候了！）

● タクシー、来ませんね。もう少し**お待ちになります**か？（待つ→お待ちになる）

計程車一直不來呢。要再等一會嗎？

● 社長が**来られる**のは、いつも十時過ぎです（来る→来られる）

社長來的時候總是過十點了。

「お～になる」是尊敬語。

● 披露宴のスピーチでは何を**お話しになります**か？（話す→お話しになる）

婚禮請客時的致詞要說什麼呢？

● え、もう**お帰りになる**んですか？（帰る→お帰りになる）

咦，您已經要回去了嗎？

● 今日も演歌を**お歌いになります**よね（歌う→お歌いになる）

您今天也唱演歌吧？

如何區分尊敬用語和謙讓用語

1 「お～になる」：尊敬

お ＋ 動詞 ＋ になる

お　話し　に→なる

お　聞き　に→なる

2 「お～する」：謙讓

お ＋ 動詞 ＋ する

お　話し　する

お　聞き　する

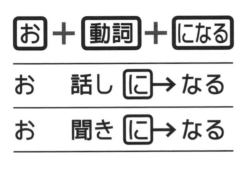

會話例1　（在新幹線月台上）

何をそんなに慌ててるんだ？　　你怎麼這麼慌張？

お急ぎにならないと、乗り遅れます！　　您不趕快的話，要搭不上車了！

解說

「いらしゃる」是「いる、行く、来る」的尊敬動詞。「召し上がる」是「食べる」的尊敬動詞。但是尊敬動詞的數量有限，表達尊敬時實際上常被使用的是「お～になる」或「～れる（られる）」這類用法。用法如「明日何時に来られますか？」（您明天幾點會來），如果只有「来られる」的話，也有「来られて迷惑！」（你來會造成困擾）或「来なければいいのに」（根本不需要來）這類用被動型態表示困擾的用法。

「ランチタイムにお得意さまに来られて、昼飯食べ損ねましてね」（中午吃飯時間客戶來訪，害我沒吃成中飯），也有這樣的用法。

會話例2 **（在公司櫃台）**

秘書	社長は会議中ですが……	社長還在開會……
訪客	会議が終わるまで お待ちしてもよろしいでしょうか？	那我可以等他開完會嗎？

解說

「お～する」（お＋動詞＋する）是謙讓用語，用在對方是老師或上司等，比自己年長或身分地位高者身上。

使用敬語或尊敬語時也必須區分和對方的親疏關係，當對方和自己關係親密時通常不使用。「奥さま、今日もステーキを召し上がるんですか？」（太太，今天您也要吃牛排嗎），當丈夫對妻子這麼說時，很明顯是諷刺的語氣。

此外，「あなた、何時にお帰りになりますか」（老公，您今天幾點回家啊），這句話的背後傳達出的訊息是「今天也會晚歸嗎？希望你早點回來」。當夫妻之間刻意用生疏的敬語或謙讓語時，可就是舉黃牌的時候了喔。

25

「くださる」和「いただく」該如何區分使用

「くださる」是「くれる」的尊敬語，「いただく」是「もらう」的謙讓語。

● これ弟が**くれた**んだけど→これ義父が**くださった**んですが
這是弟弟給我的。→這是岳父給我的。

● え、誰に**もらった**の？→え、誰に**いただいた**の？
咦，這是誰給的呢？→咦，這是哪位給的呢？

● ねえ、荷物重いの、持って**くれる**？→持って**くださる**？
噯，東西很重，可以幫我拿嗎？→請問可以幫我拿嗎？

● 日本語、誰に教えて**もらった**の？→誰に教えて**いただいた**の？
日語是誰教的？→是請誰教的日語？

「くださる‧いただく」用在物品的授受上，此外加上「～て」也可使用在恩惠的授受上。

● これ、社長が**くださった**んだ→これ、社長に**いただいた**んだ
這是社長給的。→這是社長惠予的。（物品的授受）

● きのう、社長が褒めて**くださって**ね→社長に褒めて**いただいて**ね
昨天社長誇獎我了呢。→承蒙社長誇獎了呢。（恩惠的授受）

● ここに掛けて**くださいませ**んか→ここに掛けて**いただけ**ませんか
可以麻煩掛在這裡嗎？→麻煩請掛在這裡好嗎？（請求人施惠、幫忙）

「くださる」是尊敬語，「いただく」是謙讓語

1 「くださる」：くれる+尊敬。

社長が
褒めてくれた!
嬉しい!!
社長稱讚我了！
好開心！
社長が
褒めてください
ました
承蒙社長稱讚了。

2 「いただく」：もらう+謙讓

誰に
もらったの?
誰給的呢？
誰に
いただいたの?
哪位給的呢？

會話例1　（在有嬰兒的客廳裡）

丈夫

赤ちゃん、
ミルク欲しがって泣いてるよ

小寶寶想喝奶了，在哭喔。

妻子

手が離せなくて。
あなたミルクやって（あげて）
くれる（くださる）？

我走不開。
你可以幫我餵他喝嗎？

解說

對外國人來說，日語中「GIVE」和「RECEIVE」的表現方式是很難的吧？這是因爲，這方面的表現詞語就有「あげる、さし上げる、やる、もらう、いただく、くれる、くださる」七種之多。

「もらう」是站在自己的角度，所以完整的句子是「私がもらう」（我收到），但「くれる」卻是站在對方的角度，完整句子便是「相手がくれる」（對方給我）了。

當「もらう」變成「いただく」時，因爲是站在自己的角度，所以是謙讓語表現「私がいただく」，而「くれる」變成「くださる」時則是「相手がくださる」的尊敬表現。

會話例2 （在自家停車場）

ね、この中古車、兄にもらったんだ。いつでも使っていいよ

噯，哥把那輛中古車給我們了。妳什麼時候要用都行。

え、じゃ、今度の日曜日、使わせてくれる？

咦，那下個星期天我可以用嗎？

解說

「くれる」和「もらう」、「くださる」和「いただく」單獨使用時，都只限於指「物品的授受」。但是日語中，使用頻率更高的是「～てもらう（いただく）」、「～てくれる（くださる）」的用法。

「貸してくれない（くださらない）」（可以借我嗎）、「写真、とってくれませんか（くださいませんか）」（可以幫我拍照嗎），這些都稱爲「恩惠的授受」，所以「写真をとりませんか」（要不要拍照）和「とってくれませんか」（能不能幫我拍照），表現的意圖是完全不同的。

26

〈使役形〉「する」「させる」「させられる」

する：平常習慣性的行動。

●朝、木村さんは朝食の支度を**する**、青汁を**飲む**、朝食を**食べる**、食器を**洗う**

早上，木村先生準備早餐，喝下蔬菜汁，吃早餐，洗餐具。

させる：被人命令強制動作的使役詞。

●木村さんは夜型で、朝食を抜いてでも寝ていたい。ところが、「あなた、青汁を**飲みなさい**よ。ビタミン不足だし」という妻の声、妻は夫に青汁を**飲ませ**、朝食を**食べさせる**

木村先生是夜貓子，就算不吃早餐也要睡覺。但是他的妻子說：「老公，你要喝蔬菜汁喔，否則會維他命不足。」於是妻子要他起床喝蔬菜汁，吃早餐。

させられる：被對方強迫做什麼時的使役被動詞。

●夫にしてみれば、「ああ、今朝も青汁を**飲まされた**よ。その上、腹も減ってないのに食事を**食べさせられ**、おまけに食器も**洗わされた**。もう別居したいよ」という不満が残る

對丈夫來說，內心留下了「唉，早上又被強迫喝蔬菜汁了。還有，明明肚子不餓也被迫吃了早餐，最後還被要求洗餐具。真是不如分居算了。」的不滿。

記住「使役」形

1 「する」：平常習慣性的行動。

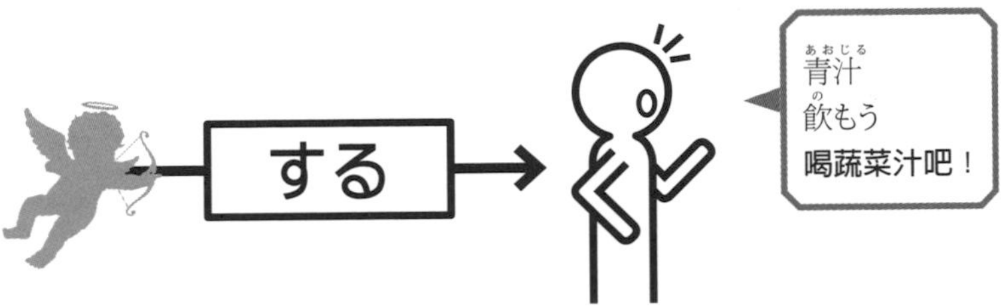

2 「させる」：被人命令強制動作。

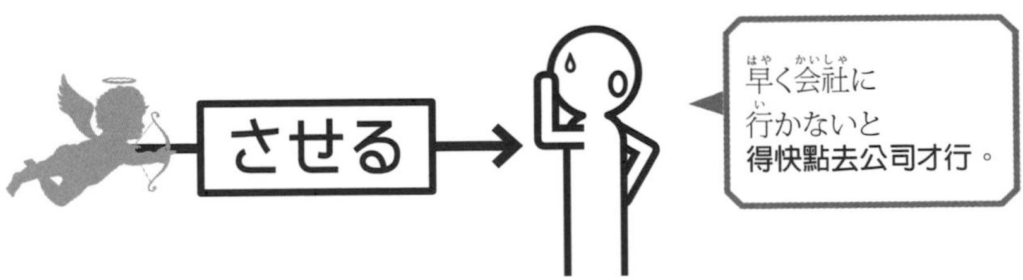

させる
早く会社に
行かないと
得快點去公司才行。

3 「させられる」：被強迫做什麼。

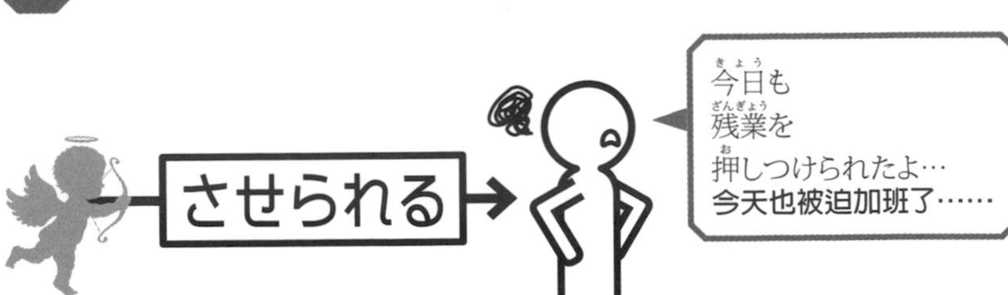

させられる
今日も
残業を
押しつけられたよ…
今天也被迫加班了……

會話例1　**（在辦公室）**

君は、明日は何するの？
実はK社との接待ゴルフがあるんだけど、
一人メンバーが足りないんだよ。
君はK社担当だったよね。
来てくれるよね？

你明天有事嗎？
其實明天要接待K公司的人打高爾夫球。
但是少一個人，
你平常負責K公司的業務吧？
可以來嗎？

え、明日ですか？（困ったな、
妻とコンサートに行く約束なんだけど）、
あ、はい、K社は私の担当ですから、
もちろん伺います。朝、どちらに
行けばよろしいでしょうか？

咦？明天嗎？（傷腦筋啊，已經答應和妻子去聽音樂會了……）
啊，是，我是K公司的負責窗口，當然該一起去。那麼早上我該到哪裡集合才好呢？

解說

身爲公司員工，被部長要求星期天「一起去接待客戶打高爾夫球」時，應該沒有人能拒絕吧。

這段會話中也一樣，就算部長的語氣溫和，但仍屬於「ゴルフにつき合わせる」（被要求配合打高爾夫球）的使役表現。儘管掛念和妻子聽音樂會的約定，木村先生仍遵從了部長的話。以使役被動的表現來說，就是「ゴルフにつき合わされる」（被迫一起去打高爾夫球）。

「悪いな、ゴルフにつき合わされることになってさ、コンサート一緒に行けないんだ」（對不起啦，因爲被迫陪客戶去打高爾夫球，音樂會無法和妳一起去了）。那麼，聽了這番話的妻子會有什麼反應呢？

會話例2 （在快破產的公司）

小泉君、君も気がついているように、
我が社はとても社員に給料を払える
状況じゃなくてね、
大変申し訳ないけど、
どこか他の会社探してもらえないか

小泉，我想你也發現了，
我們公司現在處於發不出薪水的窘境，
對你真的很抱歉，
能不能請你另謀高就呢？

そ、そうですか。
実は僕も心配で。
もう少し一緒にがんばらせて
もらえませんか

是、是這樣嗎。
其實我也很擔心。
但是，能不能讓我再和您一起努力一下呢？

解說

這段會話中，小泉實質上等於「首を言い渡された」（被宣告解僱），而且幾乎是社長直接下令，但社長的「他の会社を探してもらえないか」（能否另謀高就）口吻，令人感覺不到使役句型的強勢。

像這樣，一方面是拜託對方的形式，一方面達到了使役句的作用時，我們稱之爲「謙讓使役句型」。

用日語表現命令對方時，比起「～しなさい」，更常用「～してもらえないか」、「～してくれないか」的句型。因爲這是一種溝通上的心理戰。

27 〈受身形〉「見える」「見られる」「見せられる」

見える：即使非刻意也會自然映入眼簾。

● 向かいの家族の食事風景がいつも**見える**んだ。何だか楽しそうでさ

（アパートの窓から向かいを見た、独り者のつぶやき）

總是會看見對面人家用餐時的情景，那家人似乎每天都很開心。

（從公寓窗戶看到對面人家時的獨居者自言自語）

● あのさ、屋上でたばこ吸ってたら、変な飛行物体が**見えた**んだ

跟你說喔，剛才我在屋頂上吸菸時，看見奇怪的飛行物耶。

● あのう、カバンが開いていて中身が**見えています**よ

那個，你的包包沒關好，看到裡面的東西了。

見られる：自己想看而去看。場所和時間都有所限制的情形。

● どこに行けば、パンダが**見られる**んですか？

要去哪裡才能看見貓熊呢？

● あなたの着替えているところ、**見えちゃった**んですよ。すいません

我不小心看見你換衣服了。對不起。

● 会社の機密書類、君なら**見られる**よね。ちょっと調べて欲しいものがあるんだ

如果是你的話，應該能看到公司的機密文件吧。有件事想拜託你調查。

重點在於是否「自然映入眼簾」

1 「見える」：自然映入眼簾。

中(なか)が
見(み)えていますよ
看見裡面的東西了喔。

2 「見られる」：自己想看而去看。

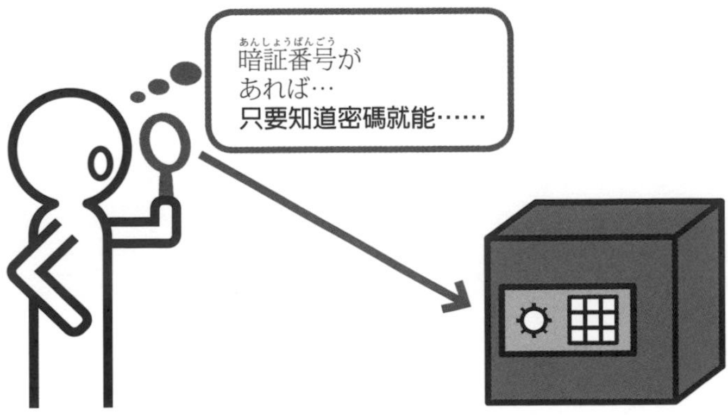

暗証番号(あんしょうばんごう)が
あれば…
只要知道密碼就能……

第3章 容易混淆的「日語文法」

會話例1　**（在辦公室）**

僕の部屋から楽しそうな向かいの部屋の食事風景が見えるんですよ。
カップラーメンをすすっている
自分がわびしくて

從我房間可以看到對面房子裡的人
用餐的情景喔。
只能孤獨吃著泡麵的我好寂寞啊。

そろそろ独身生活に
見切りをつけたほうがいいな。
そんな光景が目に入ってくるんじゃ、
たまらんだろう。
君の新婦のウエディングドレスが
見られるのを楽しみにしているよ

你也差不多該終結單身生活了吧。
看到這樣的情景會讓人受不了的。
我也很期待看見你的新娘穿白紗的樣子啊。

解說

「新幹線の窓から富士山が見える」（從新幹線的車窗望出去，看到了富士山）、「新幹線の窓から富士山が見られる」（從新幹線的車窗望出去，就能看到富士山）。同樣的情景，可以用「見える」，也可以用「見られる」。

這是爲什麼呢？因爲就算心裡沒想著要看富士山，那雄偉的山姿還是會映入眼簾吧。相對的，結婚典禮上新娘的白紗，如果不是自己想要去參加婚禮「花嫁姿は見られない」（就無法看到新娘的身影）了。

另一方面則絕對不會有「花嫁姿が見えない」（看不見新娘身影）的說法。我們在無意識中會自然區別「見える」和「見られる」的用法。

會話例2 **（新婚夫妻去向主婚人打招呼時）**

この度は仲人をお引き受けいただき、大変ありがとうございました

這次承蒙您接受擔任主婚人，真的非常感謝。

いやー、盛大な結婚式だったね。今度は二人のかわいい赤ちゃんが見られるのを楽しみにしているよ

哎呀，真是盛大的婚禮呢。我很期待早日看見兩位的小寶寶誕生喔。

（赤ちゃんが見られるだなんて、それならもっと給料を上げてくれないと。共働きだと、赤ちゃんの顔を部長に見せられるのは、だいぶ先になりそうだわ）

（說什麼想看我們生小寶寶，既然如此能不能先加薪啊。現在兩人都要工作，部長想看到小寶寶出生恐怕有得等了。）

解說

「木村さんの奥さんが部長に赤ちゃんを見せられる」（木村先生的太太讓部長看見他們的小寶寶出世），想說得更禮貌點，還可以用「お見せできる」。

「見える」是無意識下自然映入眼簾，「見られる」是有意識地去看，「見せられる」是「見せることができる」（可以讓人看）。

然而，「見せられる」卻有兩種意思。另一種是「見たくもない写真を見せられた」（被迫看不想看的照片），「見せる」加上使役形「られる」的「使役被動」。

代表可能的「見せられる」和使役被動的「見せられる」型態相同，要多注意不可混爲一用。

28

表示原因・理由的「から」和「ので」

「〜から」在說話者的判斷下，使用於後面接著邀約、勸誘、禁止、命令句時。

- 火事を起こすと危ない**から**、IHにしませんか

  引起火災就太危險了，所以要不要使用電磁爐呢？（推銷）

- タバコは吸えませんよ。禁煙です**から**

  不能吸菸喔。因為這裡禁菸。（禁止）

- 危ない**から**、走らないで

  太危險了，不要用跑的。（命令）

- 準備できた**から**、入って

  準備好了，進來吧。（命令）

「〜ので」闡述原因・理由等客觀因果關係。

- ドルもユーロも値下がりしている**ので**

  因為美元和歐元都貶值了。

- 電力料金が値上がりする**ので**

  因為電費調漲了。

- 子供の数が減少している**ので**

  因為兒童人數減少了。

用「主觀」和「客觀」來區分

表示原因・理由時使用

1 「から」：容易加入說話者的主觀。

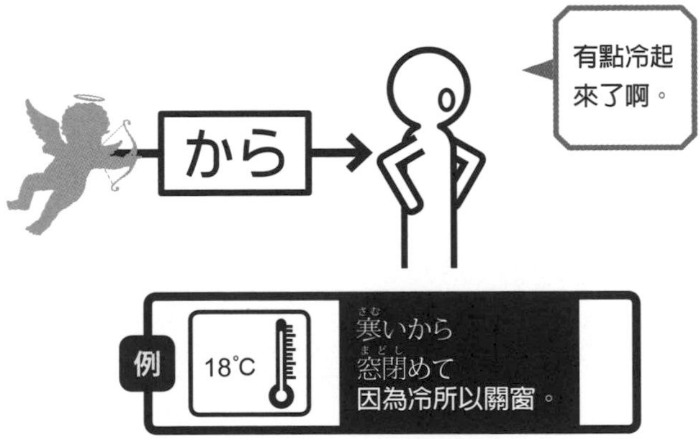

2 「ので」：闡述客觀因果關係。

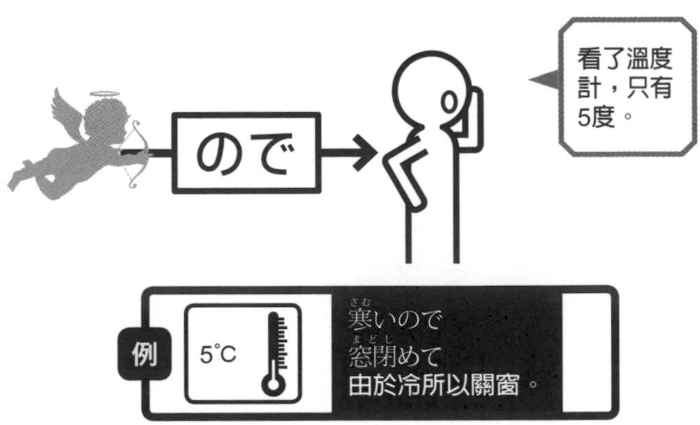

會話例1 **（保險推銷員上門時）**

この保険はおススメですよ。
高度医療保障がついていますから

推薦您保這個險喔，
因為附加了高度醫療保障。

でも、僕まだ四十代ですよ。
そんな先のことなんて!

可是我才四十幾歲耶。
沒考慮到這麼久之後的事！

解說

「～から」、「～ので」兩者都使用於表示「原因・理由」時。我們在使用時其實並沒有太過去意識區分。

然而，仔細瞧瞧實際使用時的例句就可發現，「～から」多半表現出說話者的主觀意識，與主觀立場作連結。例如「うるさいからテレビ消して」（因爲很吵，把電視關了吧）或「安いから買おうよ」（因爲很便宜，我們買吧）、「今が買いどきですから、いかがですか」（因爲現在買正是時候，不知您覺得如何）等等。

此外，「～から」後多半跟著「推銷，命令，禁止」等語句。這或許是因爲容易表達說話者的判斷或心情之故吧。

會話例2 （開車回公司路上）

道が渋滞しているなー

路上塞車呢～

週末なので、郊外に出る人が多いんじゃないですか？

因為是週末，到郊外踏青的人也比較多吧？

解說

「悪いけど、窓閉めて。寒いから～（寒いので）」（不好意思，把窗戶關上。因爲會冷）、「寒いから窓閉めて」（因爲會冷，所以關窗吧），被人這麼說的話，很多人應該都會覺得火大吧。聽到「寒いから」（因爲會冷）這種說法，很難不覺得對方太任性了。

另一方面，比起「寒いから」，用「寒いので」則給人婉轉、禮貌的印象。這或許是因爲「寒いから」強調說話者的主觀，相對的「寒いので」卻只是闡述客觀的一般現象而已。

29

正確使用吧！「これきり」和「これだけ」

「~きり」後面接某種行為時，表示「和預期不同，沒有繼續下去」的意思。

- 今日(きょう)、彼女(かのじょ)からのメールは**一通(いっつう)きり**だ
  今天，她只來了一封信。
- もう、A社(しゃ)との取引(とりひき)はごめんだ。**これっきり**にしたい
  已經不想再和A公司來往了。到此為止。
- 部長(ぶちょう)はニューヨークに出張(しゅっちょう)に**行ったきり**だ
  部長到紐約出差就沒回來。
- 父(ちち)は脳溢血(のういっけつ)で**倒(たお)れたっきり**で……
  父親腦中風倒下就……

「これだけ」的だけ表示範圍或數量的許可限度。

- 今月(こんげつ)のお小遣(こづか)い、**これだけ**？
  這個月的零用錢，就只有這些？
- 調査(ちょうさ)には**好(す)きなだけ**時間(じかん)をとっていいよ
  要花多少時間調查都可以喔。
- **半日(はんじつ)だけ**猶予(ゆうよ)を与(あた)えるから、やり直(なお)しなさい
  再多寬限你半天時間，全部重做。

搞清楚正確的意思吧！

1 「～きり」：～不再持續下去的意思。

御社との取引はこれきりだ!
和貴公司的往來就到此為止！

2 「～だけ」：表示範圍或數量的許可限度。

半月だけ待つから、プレゼンやり直し
最多等你半個月，提案全部重作。
!!!
晴天霹靂……

會話例1　**（客戶到公司來）**

最近、
あのかわいい秘書の顔が見えませんね

最近沒看見那個可愛的秘書耶。

ええ、それがちょっとしたミスで
支店に飛ばされたっきりなんですよ

是啊，她犯了一點小錯，被調到分店去就沒回來了。

解說

「～きり」之後跟著行爲時，實際上通常指本該持續的行爲，卻和預期的相反，並未持續的意思。

不過「～きり」中確實含有失望的心情，會話例句「飛ばされたっきり」（被調到分店去就沒回來了）中的「～きり」，便有一種難以言喻的情感餘韻在裡面。

另一方面，「取引はこれっきりにしたい」（希望往來就到此爲止）的例句中，則含有惱怒之情。一般來說本該持續保持的生意往來，卻寧可「これっきり」，可見相當生氣呢。

會話例2 **（在家吃晚餐時）**

え、夕食これだけなの？
おかずはもっとないの？

咦？晚餐就這些？沒有別的配菜了嗎？

だって、残業で
買い物する時間がなかったのよ

因為加班加太晚，沒時間去買菜啊。

解說

「おかずはこれっきり（これだけ）よ。お互い共働きなんだから、文句言わないで食べてね」（因爲兩個人都要上班，所以別抱怨，快吃吧），像這樣，「～きり」也可以用在對「物」的時候。

「あんなに長かった夏休みも、あと一日っきり（一日だけ）だ」（那麼長的暑假，也只剩一天就沒了）、「三日間で口にしたのはパン一切れとスープっきり（スープだけ）」（三天來吃進嘴裡的只有一片麵包和湯而已），上面兩個例子都可以用「だけ」來代替「きり」，表示「只有那些而已」的意思。

從以上內容可得知，「～これきり」和「～これだけ」使用時還是有微妙的差異。

30

與固定表現一起使用的「～しか」和「～だけ」

「～しか」：和「～ない」一起使用，限定在某種範圍或事態之內。

● この電話は会社内で**しか使えません**よ

這電話只限在公司內部使用。

● こうなった以上、今日の取引は中止する**しかない**な

既然事情演變成這樣，今天的交易只能中止了。

● この「痛くない注射針」は日本で**しか製造できない**優れものなんだ

這「打了也不痛的針」是只有日本能製造的優秀產品。

● 一万円**しか寄付できない**けど……

雖然只能捐一萬元……

「～だけ」：和「～ある」一起使用，必須以存在為前提。

● 遺産としてやれるのは、この家と**土地だけだ**

能作為遺產給你的，只有這個房子和土地而已。（除了房子和土地沒有別的）

● いつも部長の**アドバイスだけ**聞いています

總是只聽部長的建議。（除了部長，不聽別人的建議）

● 彼女と私の間には精神的な**つながりだけ**あります

她和我之間只有精神上的聯繫。（除了精神上的聯繫外沒有別的）

了解正確的用法吧！

1 「～しか」：和「～ない」一起使用，表示限定在某種事態之內。

百円しか
持っていない
只有帶100圓。
100
捐款箱
懇請捐款

2 「～だけ」：和「～ある」一起使用，必須以存在為前提。

遺産は
家と土地だけだ
遺產只有房子和土地。
是！
子
子

會話例1 **（和客戶洽談時）**

この資料は
我が社にしかありません

這份資料只有敝公司才有。

じゃ、ファイルを
しっかり保存したほうがいいですね

那麼，最好放在資料夾裡好好保管比較好喔。

解說

如果有一樣東西是世上僅有一個的，就能使用「世界に一つしかない」（世界上只有一個）、「世界に一人しかいない」（世界上只有一人）等「～しか……ない」的句型，表示將事物限定在某個範圍或某種事態之內。

以上面的例句來看，「資料があるのは我が社だけ」（這份資料只有敝公司才有）限定的就是範圍。這種情形是可以用「だけ」來代替「しか」使用的。

不過，如果將だけ用在「世界に一つだけある」（世界上只有一個）或「世界に一人だけいる」（世界上只有一個人）時，要表達的語意就有所不同了。

請看下一頁。

會話例2　**（在客聽）**

ねえ、本当に部長さんの言うこと信用していいの？

嗳，部長說的話真的可以相信嗎？

ああ、僕は部長のアドバイスだけを聞いて行動しているんだ。専務にはソッポを向かれてるけどね

是啊，我只聽部長的建議做事。
總經理根本理都不理我。

解說

「だけ」的語源是「丈」（長度），本來是用來表示東西高度、長度的名詞。就像和「だけ」用法相近的「ばかり」，其語源也來自動詞「はかる」（測量）的名詞形態「はかり」。

「～だけ……ある」和「～ばかり……ある」都是以存在爲前提。相對於此，「しか」則以「～しか……ない」的形式限定了存在。

「部長のアドバイスだけ聞く」（只聽部長的建議）和「部長のアドバイスしか聞かない」（除了部長的建議之外都不聽），不管是哪一種，都是公司內「冥頑不靈」、「難以合作」的存在吧。

31

有各種用法的「まずい」和「うまい」

「まずい」有：①味道不好②技術不佳③狀況不好④長相不好看……等多種意思。

● **まずい**もの食べるくらいなら、食べないほうがいいよ

與其吃難吃的東西，不如不要吃。

● 何で、そんな**まずい**言い訳しか言えないの？

為什麼你只會說這麼糟的藉口呢？

● 何か、**まずい**ときに顔出しちゃったみたいですね

哎呀，他怎麼這時候來（出現的不是時候）！

● 顔は**まずい**けど、性格がめちゃ良くてさ、惚れちゃったわけ

長相雖然不大好，但性格卻非常好，所以我才愛上他的。

「うまい」有：①味道好②技術佳③有利、給人好感……等多種意思。

● ああ、**うまい**。君の作るビーフシチューは最高だよ

哎呀，好好吃。你做的燉牛肉最棒了。

● これ本当にあなたが描いたの。**うまい**なー

這真的是你畫的嗎？好厲害！（比「上手だなー」更真心）

● **うまい**ときに来たな。これから乾杯するところだよ

來得正好。大家現在正要乾杯呢。

「まずい」和「うまい」的三個用法

1 味道

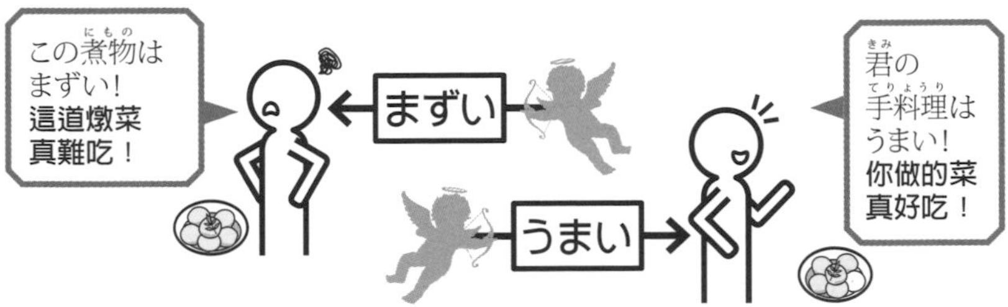

この煮物はまずい!
這道燉菜真難吃！
まずい
うまい
君の手料理はうまい!
你做的菜真好吃！

2 巧拙

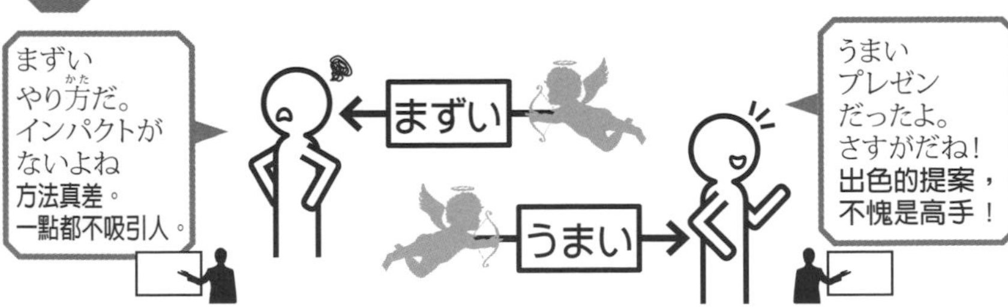

まずいやり方だ。インパクトがないよね
方法真差。一點都不吸引人。
まずい
うまい
うまいプレゼンだったよ。さすがだね!
出色的提案，不愧是高手！

3 時機

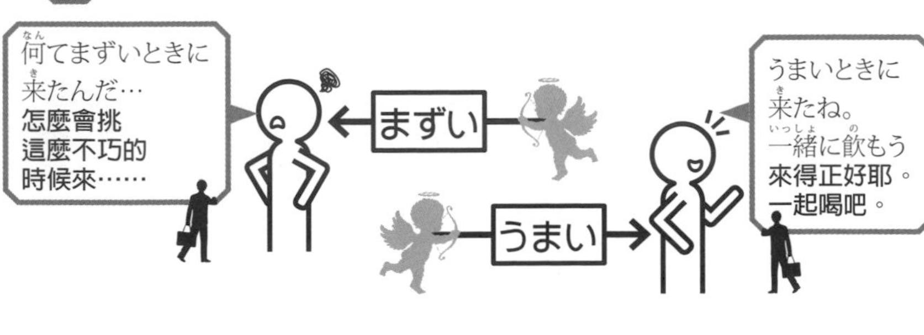

何てまずいときに来たんだ…
怎麼會挑這麼不巧的時候來……
まずい
うまい
うまいときに来たね。一緒に飲もう
來得正好耶。一起喝吧。

會話例1　**（在秋田縣旅行時）**

丈夫	ここの名物で 一番うまいもの何?	這裡的名產中最好吃的是什麼？
妻子	名物にうまいものなし、 なんて嘘よ。 このキリタンポ、おススメよ	人家說名產都不好吃， 那是騙人的。 我推薦這個米棒喔。
丈夫	君、うまいこと言うね	妳真會說話。

解說

「うまい」的相反詞是「まずい」，「おいしい」的相反詞也是「まずい」。不過，當「おいしい」作爲「まずい」的相反詞時，只有「味道好」的意思，而沒有「技術佳」的意思。

雖然最近也有「おいしい話」（好康的事）等等，以「有利」的意思來使用的例子，不過還是「うまい儲け話」（好康賺錢的事）的說法比較符合語感。

「うまい」的語源來自動詞「熟む」，原本指的是水果等成熟變得甜美。

會話例2　（夫妻正在吵架時）

お父さん、今日はお母さんに頭を下げないとまずいんじゃないの？

爸爸，今天你不先對媽低頭不大好吧？

「まずいもの」を「まずい」と言って、何がまずいんだ！

我只是說「難吃的」東西「難吃」而已，有做錯什麼嗎！

解說

「まずい」的語源是「貧しい」（貧困的），文言中寫成「まずし」，指的就是「有所不足」的意思。

如果是味道不足便說「味がまずい」，如果是做法不夠週到便是「やり方がまずい」。以此類推，若說「顔がまずい」，就可解釋爲應該端正的地方不夠端正的意思。

相反詞「おいしい」是在形容詞「美し」（給人好感的，優秀的，令人讚賞的）前面加上前綴詞「お」，形成了「おいしい」。古時也會以「美味だ」（美味）來形容女性，不過現在只單純用來表示食物美味了。

32

表示數量或程度的「～くらい」和「～ほど」

「～くらい」表示大略的數量或程度，也可用於極端的事例上。

● この会社には八十人くらい、営業担当がいるんだ

這間公司約有八十人左右負責業務。

● 海外旅行、何回くらい行ったことある？

大概出國旅行過幾次呢？

● この焼酎、死にたいくらい好きなんだ

我喜歡這種燒酒喜歡得幾乎想死了。（極端事例）

● いくら敵陣だからって、挨拶くらいしてもいいだろう

就算是競爭對手，起碼也該打個招呼吧。（極端事例）

「ほど～ない」、「くらい～ない」也可以當作「一番～だ」（最～的）的意思來使用。

● 君くらい、やさしい妻はいないよ

再也沒有比妳更溫柔的妻子了。

● 社長ほど社員思いのトップはいませんよ

沒有比社長還要體貼員工的上司了。

● この店の鯛のさしみほどうまいものはない

沒有其他地方的鯛魚生魚片比得上這間店的。

「～くらい」和「～ほど」的各種用法

1 「～くらい」、「～ほど」：表示大略的數量・程度。

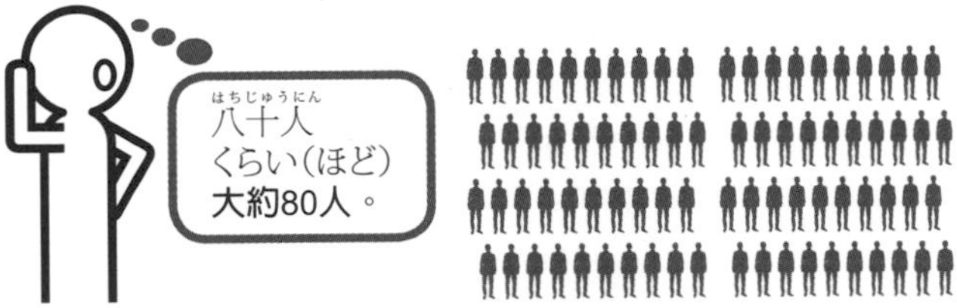

はちじゅうにん
八十人
くらい(ほど)
大約80人。

2 「～くらい」：表示極端的程度。

あいさつくらい
したって
いいだろう
不過是打個招呼而
已有什麼關係。
聊個不停

3 「ほど～ない」、「くらい～ない」：等同「一番～だ」。

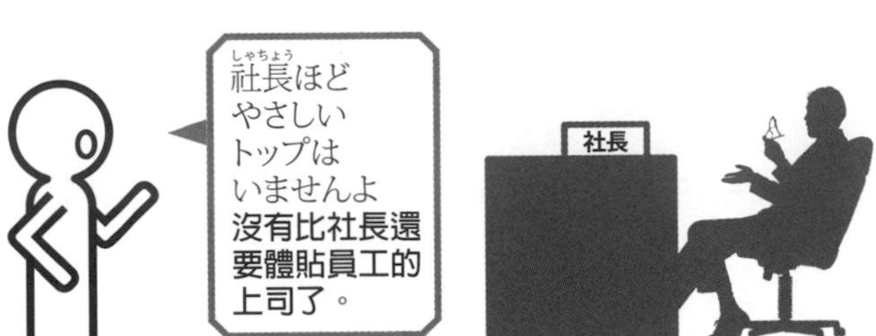

しゃちょう
社長ほど
やさしい
トップは
いませんよ
沒有比社長還
要體貼員工的
上司了。
社長

會話例1 **（結束在B公司的會議後）**

B社の対応、
ひどいものでしたね

B公司的態度真差。

本当。
いくらこちらのミスだからって、
お茶ぐらい出してくれてもいいのに

真的。
雖說是我們的失誤，連茶都不端出來也太過分了。

解說

「くらい」表示大略的數量或程度。多半和「ほど」及「ばかり」的用法相同。

指出具體數字或份量、程度時，也大多可以用「ほど」及「ばかり」代替。例如「一クラスに四十人(くらい・ほど)の生徒がいます」（一個班級大約有四十名學生）。不過，下面的情形就只能用「〜くらい」了。「一クラスに四十人もいるんだから、一人くらい百点をとってもいいのに」（一個班級有四十名學生，至少該有一個人考一百分吧）。

具體數字的最低基準是「一個人」的時候，後面就只能接「くらい」。

會話例2 （妻子看著旅行社傳單時）

今度の休暇、
海外旅行したいな

下次休假，
想去國外旅行呢。

そうだね、今まで
これほど円高になったことないしね

對啊，過去
日圓從來沒有漲得這麼
高過嘛。

解說

「あなた（くらい・ほど）素敵な人はいないわ」（沒有比你更出色的人了），像這樣，表示「最～」的意思時，這兩個詞是可以互換使用的。

不過，像「酒ぐらい飲めなくて、営業が勤まるか」（連酒都不會喝的話，哪有辦法當業務）、「新聞ぐらい読んだらどうですか？」（至少讀讀報紙好嗎）等例子，這種時候就不能用「ほど」了。這邊的「～くらい」是指當對方連最低基準都達成不了時，表達輕蔑的感覺。

這種說詞在吵架時很容易變成「挑釁之詞」，可以說是「ほど」所沒有的「くらい」的特徵。

33

容易混淆的表現方式①「見過ごす」和「見逃す」

「見過ごす」：「明明有看見卻沒注意到」或「明明有看見卻當作沒問題」。

● 赤信号をつい**見過ごして**、パトカーにつかまっちゃったよ

不小心漏看了紅燈，被警車攔下了。

● 偽造パスポートと知りながら、**見過ごしていたんですか**

明知是偽造護照，還要裝作沒看見嗎？

● 北海道で道路標識を**見過ごして**、道に迷っちゃったんです

在北海道漏看了道路標誌，結果迷路了。

「見逃す」：明明有看見卻放過一馬。明明知情卻縱容不管。

● また、彼は飲酒運転をしている。今回は**見逃さない**ぞ

他又酒駕了。這次不能再放過他了。

● シルクドソレイユ、マカオに行ったのに**見逃しちゃって**残念！

明明去了澳門卻沒去看太陽馬戲團表演，實在太可惜了！

●（監督）盗塁のサインを**見逃す**んじゃないぞ

（教練）盜壘的指示怎麼可以視若無睹！

● 私が警視総監に就任した以上、議員の不正は断じて**見逃しません**

只要我當上警察總長，就不會放過議員的舞弊行為。

重點在於「是否發現」

1 「見過ごす」：明明有看見卻沒發現或當作沒看見。

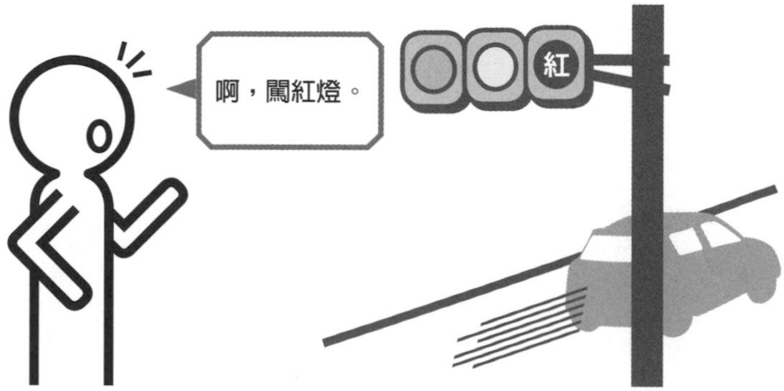

2 「見逃す」：明明知情卻放過一馬。

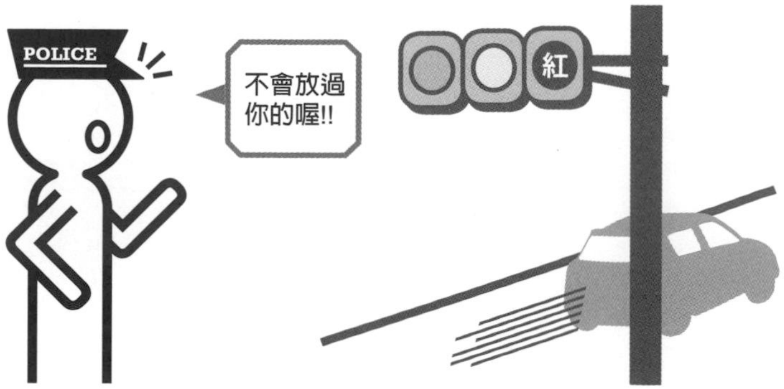

會話例1　（開車兜風時）

妻子	あなた、スピードの出し過ぎよ。 あ、赤信号なのに止まらないの？	你是不是開太快了？ 剛剛紅燈卻沒停喔？
丈夫	信号赤だった？ 見過ごしちゃった。 そういえば、他の車止まっているね	剛才紅燈嗎？ 我沒注意到。 這麼一說，剛才別的車好像都停下來了喔？
妻子	あ、大変よ。 パトカーが追いかけてくる！	啊，糟了。 警車追上來了！

解說

「見過ごす」有兩大意思。

①如會話例中的「赤信号を見過ごす」（沒注意到紅燈），也就是明知「遇到紅燈該停車」，卻沒有停。指的是「有看到卻沒察覺」的意思。

②用法如「偽造パスポートを見過ごして、外国人を店員として雇った」（假裝不知道是偽造護照，僱用外國人當店員），表示「看到偽造的護照，明知必須通知警察，卻什麼處置都不做」的意思。

日語中有「見て見ぬふり」（視若無睹）的說法，也可以說是「自掃門前雪」的社會風氣引發的態度吧。

會話例2 **（在辦公室）**

課長の奥様、たしか個展を開かれるんですよね

聽說課長太太好像要開個展？

君、今頃何を言ってるんだ？個展は昨日で終わったよ

你現在才在說什麼啊？個展昨天就結束了喔。

えっ、楽しみにしていたのに見逃してしまいました……すみません

咦，我還很期待的呢。竟然錯過了……真是抱歉。

解說

「見逃す」有兩個完全相反的用法。

②是如會話例中的「明明想著要去看個展，卻沒去看就結束了」這樣，抱著遺憾、後悔心情的「見逃す」。

①是「爲什麼老是對舞弊視若無睹呢！」這樣，含有指責明知故縱的意思。

「不正は絶対に見逃さない」（絕不會放過任何舞弊行爲），這種熱血刑警常出現在電視劇中，但現實世界裡，要真的去逮捕位高權重者，可不是件容易的事吧。

34 容易混淆的表現方式②「よそ見」和「わき見」

「よそ見」和「わき見」都表示被事物轉移注意力，不看原本該看的東西，而轉而注意其他東西。

- （スキーで）気をつけて。**よそ見**して滑っていると転ぶよ（◯ わき見）

（滑雪時）小心點。一邊東張西望一邊滑是會跌倒的喔。

- いやー、樹氷があまりにきれいで、つい**よそ見**しちゃいますよ（◯ わき見）

啊啊～樹冰實在太美了，忍不住就東張西望起來了。

- **よそ見**して滑るから、他のスキーヤーと正面衝突するんだよ（◯ わき見）

都是因為一邊東張西望一邊滑雪，才會跟其他滑雪者撞個正著啦。

「よそ見」常用在小孩子身上。「わき見」則常用在「わき見運転」（開車時東張西望）上。

- ほらほら。授業中に**よそ見**をしてはいけませんよ。黒板を見なさい！

喂喂喂，上課時不可看別的地方。注意看黑板！

- 先生、**よそ見**なんかしていませんよ。考えているんです

老師，我不是在看別的地方，是在想事情。

- 追突事故は**わき見**運転していたからで、非はそちらにあります

追撞事故的原因是對方東張西望開車不專心，問題出在對方身上。

- **わき見**運転なんか絶対にしていません。急に止まった前の車が悪いんです

我開車絕對不會不專心。是突然停下的前方車輛不對。

「よそ見」常用在小孩子身上

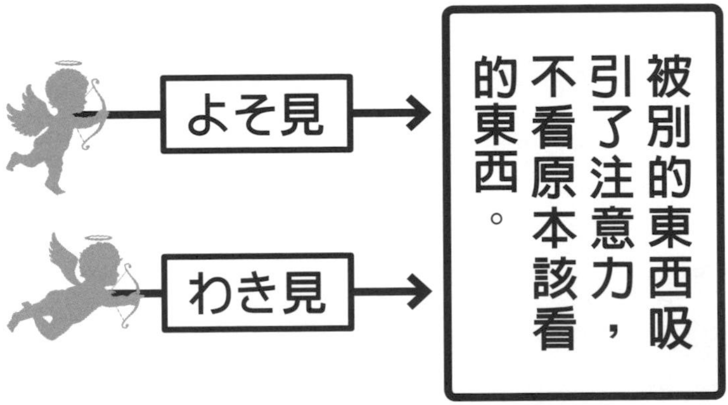
よそ見
わき見
被別的東西吸引了注意力，不看原本該看的東西。

重點

「よそ見」常用在小孩子身上。

吱吱喳喳
老師
そこ！
よそ見(み)をしない!!
那邊幾個！
不要東張西望!!

會話例1　**（滑雪時）**

丈夫	きれいな樹氷だなー。 やっぱりここに来てよっかた	好美的樹冰。 果然來這裡是對的。
妻子	正面の斜面から誰か滑ってくるわよ。 よそ見しないで前見て滑ってね	前方斜坡有人滑下來了喔。 不要東張西望，看著前面滑啦。
丈夫	大丈夫。 正面衝突なんかしないよ	沒問題。 不會跟人對撞的啦。

解說

「よそ見」和「わき見」指的都是被其他事物吸引了注意力，從原本該看的東西上轉移目光。

上面的例句其實是我自己的親身經驗，因爲藏王的樹冰實在太美了，使我完全忘了該看前方，東張西望滑雪的結果，就是迎面和其他滑雪客撞個正著。這種時候也可以用「わき見」。

此外「よそ見」和「わき見」還可以指「來自他人的目光」。例如：「そんな変な格好で表を歩かないでよ。よそ見にもみっともないでしょう」（不要穿得那麼奇怪走在外面，被別人看到多不好看）。

會話例2　**（小學的課堂上）**

老師	和夫君、さっきから よそ見ばかりしているけど、 黒板に書いてある計算、 できましたか？	和夫同學，你從剛才 就一直不專心， 黑板上的計算問題，你 已經會了嗎？
學生	とっくにできたから外を見ているんです。 これをよそ見って言うんですか	我早就作答了，所以才 會看外面啊。 這樣也叫不專心嗎？
老師	（この子はよそ見ばかりしているくせに言い訳がうまくて嫌になる）	（這孩子不但上課不專心還很會找藉口，真討厭。）

解說

日語會用「わき見運転」來表示開車不專心，卻沒有「よそ見運転」的說法。這些慣用說法，一旦定下來之後就不會改變了。

比方說，在會話例句中，老師對學生說，「上課時別看別的地方，要專心在課堂上。」此時就不會用「わき見」了。

此外，「彼はわき見もせずに仕事に集中してる」和「彼はよそ見もせずに仕事に集中してる」在語意上也有微妙的不同。前者有「心無旁騖」的意思，後者則是「不被其他東西吸引注意力」的意思。

35

完全相反的表現方式①「おかげで」和「せいで」

おかげで：受到他人給予利益或施予恩惠而感謝時使用。

- 社長の英断の**おかげで**、我が社も不況を乗り切ることができました
  多虧社長英明決斷，我們公司才能度過這波不景氣。
- 彼と結婚した**おかげで**、私はこんなに幸せ！
  拜與他結婚之賜，我才能這麼幸福！
- 先生の励ましの**おかげで**、無事卒業できました
  託老師鼓勵的福，我終於順利畢業了。
- 君がそばにいてくれた**おかげで**、僕もがんばれたんだよ
  幸虧有妳在我身邊，我才有辦法努力。

せいで：受到他人拖累或造成困擾時使用，多多少少帶有不滿的情緒。

- 社長の怠慢経営の**せいで**、我が社は火の車だ
  都怪社長怠忽經營，我們公司才會陷入困境。
- 安月給の彼と結婚した**せいで**、海外旅行にも行けないし！
  都是因為嫁給低薪的他，才會連出國旅行都沒辦法！
- 君がそばにいた**せいで**、妻に誤解されちゃったよ
  都怪妳在我旁邊，害我被老婆誤會。

使用方法完全相反的「おかげで」和「せいで」

1 「おかげで」：受到他人給予利益或施予恩惠時使用。

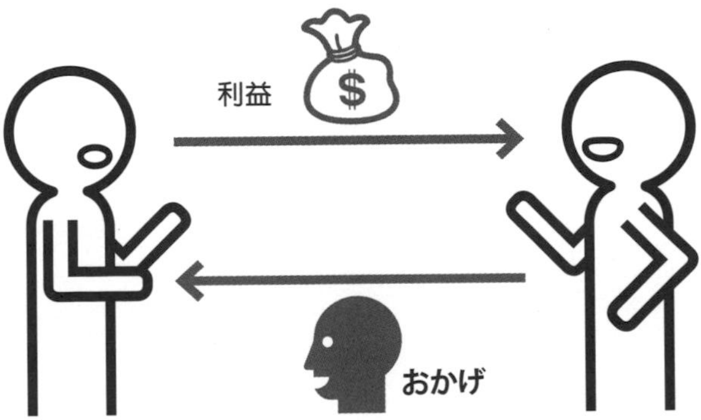

2 「せいで」：受到他人拖累或造成困擾時使用。

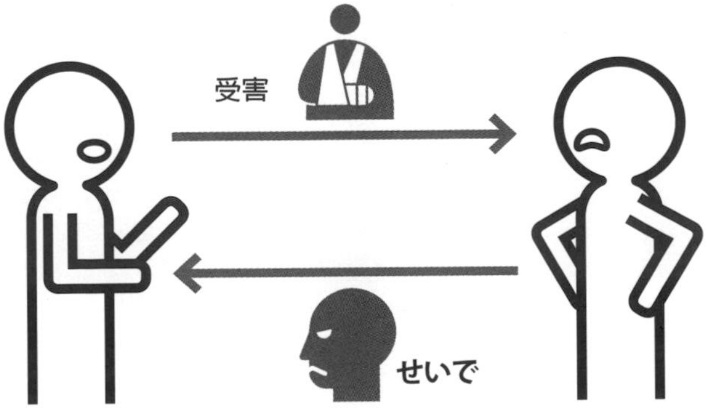

會話例1 （買了自己的房子時）

丈夫：京子、ありがとう。君ががんばってくれたおかげでマイホームが買えたよ

京子，謝謝妳。多虧有妳的努力，我們才終於能買自己的房子。

妻子：私こそ、あなたと結婚したおかげでとても幸せ!

我才要謝謝你。多虧和你結婚，我才這麼幸福！

解說

「（～の）おかげで」原來是在接受神佛的偉大與庇佑時的感謝之詞，現在已演變爲「感謝」時使用的詞彙。

相對的，「（～の）せいで」則多半使用於負面原因。「彼と結婚したおかげで」（多虧了嫁給他）表現出妻子自豪嫁對了人的炫耀；「彼と結婚したせいで」（都是因爲嫁給他）則是不提自己，完全將自己的不幸歸咎到丈夫身上，通常這麼說的後面一定都會接著「こんな貧乏な暮らしをしている」（才會過著如此貧窮的生活）之類的抱怨之詞。

會話例2 **（颱風過後）**

台風のせいで
屋根瓦が飛んじゃってね

都怪颱風，
把屋瓦吹跑了。

本当に大変だったね

真的好嚴重呢。

解說

「（～の）おかげで」、「（～の）せいで」也常用在天災的原因或理由上。

例如提起地震和海嘯時，一定會接著「（～の）せいで」，「暖冬」後面則有可能接「おかげで」，也可能接「せいで」。可以是「暖冬のおかげで、電気代が節約できそう」（多虧了暖冬之賜，才能節省電費），或「暖冬のせいで、冬物製品が売れ残った」（都怪暖冬不好，害冬天的商品都賣不完），就看暖冬帶給說話者的是好處還是害處了。

不過也有很多人無論好壞都用「おかげで」來表達。

36

完全相反的表現方式②「～くせに」和「～のに」

「～くせに」通常使用於違反社會共識或常識時，帶有指責的情緒。

- あなたお金があるくせに、寄付をいやがるのね

你明明有錢卻不捐獻。

- あなたお金もないくせに、どうして高いお酒ばかり飲むの？

你明明沒錢，為什麼老喝這麼貴的酒？

- まだ高校生のくせに、イヤリングやマニキュアは早過ぎるんじゃない？

明明還是高中生，帶耳環或擦指甲油是不是太早了點？

- お腹がいっぱいのくせに、まだ食べるの？

肚子已經這麼飽了還吃？

「～のに」常用於同情對方或嘉許對方時。也可對自然現象使用。

- まだ学生なのに、司法試験に合格したそうですよ

聽說他還是學生，卻已經考到律師執照了。

- まだ子供なのに、妹の面倒を見ているなんて、偉いですねー

明明還是個孩子卻懂得照顧妹妹，真懂事！

- 津波が来るのに、避難しないんですか？

海嘯快來了，你怎麼不去避難？

意義完全相反的「～くせに」和「～のに」

1 「～くせに」：含有指責，抗議，輕蔑的情緒。

我先下班了～
新入社員
のくせに、
定時上がりか
明明還是新人，
竟敢準時下班。

2 「～のに」：表示對對方的同情或嘉許。

會話例1 **（快下班時）**

先輩、
今日は決まってるじゃないですか。
どうですか、今夜一杯？

前輩，今天表現不錯嘛。
怎麼樣，今晚要不要去喝一杯？

（こいつ、後輩のくせに態度が
大きいんだよね。憎めない奴だけどさ）

（這傢伙，明明是後輩，口氣還這麼大。不過不討人厭就是了。）

解說

「主婦のくせに～」（不過是家庭主婦～）、「新入社員のくせに～」（明明只是新來的～）等等，在會話表現中經常使用的「～くせに」，帶有相當強烈的責難語氣。這種責難，通常是用在對方違反社會共識或常識的時候。

不過，常識這種東西具有個別性，不同國籍或從屬於不同社會的人的常識往往就不相同。

例如以「新入社員のくせに残業しない」（明明是新人竟敢不加班）這句話來說，雖然在爲了做表面工夫而加班的日本社會是通用的表現，在歐美社會可就不適用了。

會話例2 （為高爾夫球做準備時）

あなた、台風が来るっていうのに、ゴルフですか？

老公，颱風都要來了，你們還要去打高爾夫球嗎？

いや、僕は晴れ男だから、台風はそれると思うよ。大丈夫、心配するな

不會啦，我是晴男，颱風一定會離開的。沒問題，別擔心。

解說

「九月なのに、涼しくならない」（都已經九月了卻還沒有變涼爽）、「朝なのに、いつまでも暗い」（都已經是早上了，卻還是天色很暗）。像這樣，以自然現象爲主體時，雖然會使用「～のに」，卻不能使用「～くせに」。

此外，「列車が来るのに、踏切が閉まらない」（電車都要來了，平交道卻還不放下）、「防腐剤が入っていないのに、腐らない」（明明沒有加入防腐劑，卻不會腐壞）等等，以無生物爲主體時也會使用「～のに」，而不能使用「～くせに」。

因爲「～くせに」帶有強烈的責難情緒，所以像「子どもなのにえらいね」（明明還是個孩子卻這麼懂事）這種嘉許的句子，都會使用「～のに」。

第4章

學日語一定得知道的「日語常識」

37
學好數量詞（日文量詞）

日語的量詞很複雜。花枝是「一杯」，兔子是「一羽」，鯨魚是「一頭」。

- 熊的量詞是「**一頭**」，狸貓是「**一匹**」，比人類大的動物量詞用「**頭**」，比人類小的動物量詞用「**匹**」。
- 用「**一反**、**二反**」來計算織品。用「**反物**」做成的和服量詞則是「**一枚**、**二枚**」。
- 詩的單位是「**一編**」，短歌的單位是「**一首**」，俳句則是「**一句**」。
- 一人「**一票**」（選舉時），若要捐款需要「**五口**」以上，今天的議案有「**二件**」。

例如鮪魚，很多東西都會因狀態的改變而改變計數詞。

- 有一顆（**一玉**）高麗菜。一顆高麗菜葉有幾片（**何枚**）呢？
- 有一串（**一房**）葡萄。一串葡萄有幾顆（**何粒**）呢？
- 還沒寫的明信片單位是「**枚**」，寄出的時候單位則是「**葉**」。

學會「怎麼數數」吧！

1 如何計算動物數量。

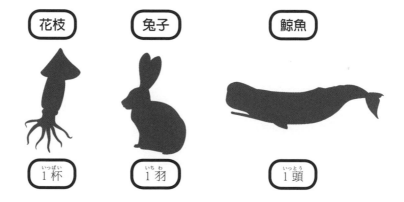

花枝　兔子　鯨魚

1杯（いっぱい）　1羽（いちわ）　1頭（いっとう）

2 鮪魚根據狀態不同，計算方式也不一樣。

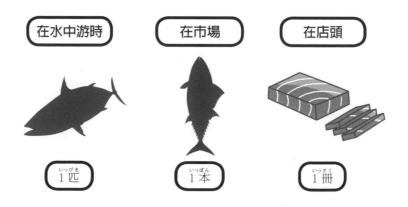

在水中游時　在市場　在店頭

1匹（いっぴき）　1本（いっぽん）　1冊（いっさく）

會話例1　**（在社長室）**

秘書	今日の会議の重要案件が二件ございます	今天的會議，有兩件重要案件。
社長	書類は全部で何通あるのかね？	全部有幾份資料？
秘書	五通です。そのうち、震災の寄付に関するものが一件ございますが、前回決定した通り、千口の寄付となっております	有五件。其中關於震災捐獻的有一件，如上次開會決定的，將捐出一千筆。

解說

日語的計數詞（量詞）之複雜，在世界各語言中是數一數二的。

「本」（雨傘或皮帶等長條形的東西）、「台」（車或電視等等）、「足」（鞋子或襪子）等這一類的都是漢語系的量詞。

與此相對的，「一山」（指水果行賣的「一堆」水果）、「一坪」這類以訓讀發音的，則是日語系的量詞。除此之外，還有「一ボックス」（一箱）、「一カートン」（一盒，多半指十個裝的紙盒）、「一ラウンド」（一回合）等外來語系的量詞。

相信很多人都曾對該使用哪個量詞感到困惑。例如房屋，用「一軒」（漢語系）和「一棟」（日語系）來計算時的意思就各自不同。

會話例2 **（在魚店前）**

お母（かあ）さん、
あそこの魚屋（さかなや）さんにマグロがあるよ。
大（おお）きなマグロが一匹（いっぴき）

媽媽，那邊的魚店有鮪魚喔。有一隻很大的鮪魚。

そのマグロ、
もう死（し）んでいるんでしょう？
それだったら、
「大（おお）きなマグロが一本（いっぽん）あったよ」
と言（い）うのよ

那鮪魚已經死了對吧。如果是這樣就要說「有一條很大的鮪魚」喔。

解說

計數詞中常遇到如鮪魚這樣的，根據狀態改變計數方式的情形。

在大海中有「一匹（いっぴき）」（一隻）鮪魚在游泳。但是，被漁夫捕捉，在漁船上嚥氣，被賣到魚市場競標時的單位就變成「一本（いっぽん）」（一條）了。之後，某間魚店在競標中獲勝，先對半切成「一丁（いっちょう）」，再切成塊狀，單位也跟著變成「一塊（ひところ）」了。整塊切片後呈「短冊（たんざく）」（木簡）狀，單位也成了「一冊（いっさく）」，被壽司店買走。將切下的「一切れ（ひときれ）」（一片）鮪魚放在醋飯上，就成了「一貫（いっかん）」壽司，被顧客吃下肚。

38

正確使用「慣用句」！

慣用句是結合兩個以上的詞彙，表達特定意義的詞句。

◎使用耳、眼、手、足等的慣用句：

● 先輩の忠告に、君たち後輩は**耳を傾ける**べきだよ

對於前輩的忠告，你們後輩就應該側耳傾聽。

● この車を選ばれるとは、さすが部長は**目が高い**ですね

選擇了這輛車，不愧是部長，眼光真高。

● 海外との取引にこれほど**手が焼ける**とは思わなかった

沒有比跟海外公司交易更棘手的事了。

光是與「腹」有關的慣用句就為數眾多。「**腹を決める**」（下定決心）、「**腹黒い**」（心機重）、「**腹が立つ**」（生氣火大）等。

● 大きな取引だけに、なかなか**腹が決まら**なくてね

正因為是一筆大生意，所以很難下定決心啊。

● 書類の隠ぺい工作とは、相手もなかなか**腹黒い**なー

竟然會動手腳藏匿資料，對手的心機也真是相當重！

● こんなことをされると、**腹が立ち**ますよね

被如此對待，當然會火大。

引用身體部位的慣用句

慣用句是結合兩個以上的詞彙，表達特定意義的詞句。

重　點

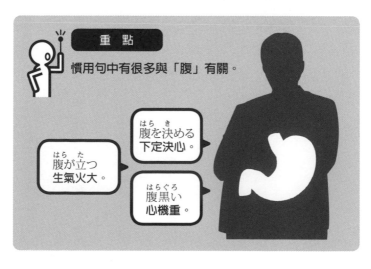

慣用句中有很多與「腹」有關。

會話例1 **（搬家時）**

ね、この本棚動かしたいんだ。
ちょっと手を貸してくれない？

噯，我想搬動這個書櫃，妳可以幫我一下嗎？

私、食器戸棚の整理で、
こっちも手が足りないのよ

我在整理餐具櫃，分身乏術啊。

まったく、こう忙しいと
猫の手も借りたいくらいだな

真是的，忙成這樣真是不可開交。

解說

後輩「耳を傾ける」（側耳傾聽）前輩說的話，也是一種給前輩面子的表現。部長選的車子如果真的很出色的話，「目が高いですね」（眼光真高）就是讚美之詞，如果心裡不是真的那麼想，那這就叫作社交辭令。「海外との取引には手が焼ける」（跟海外公司交易很棘手），從這一句話就能想像出其中的繁雜和應付得焦頭爛額的模樣。

另一方面，「この子は手の焼ける子で……」（這孩子很令人傷腦筋），表達的可能是不聽管教的孩子，或是體弱多病得經常上醫院的孩子。

會話例2　**（股東大會結束後）**

君、先日の株主総会では、
実に見事に質問に答えてくれたね。
腹が座っているのに感心したよ

前幾天的股東大會，
你問題回答得很好。
很有膽識。

お褒めにあずかり恐縮です。
あんな質問を黙って見過ごすのは
腹の虫がおさまりませんから

部長過獎了。
聽到那種問題，實在沒辦法坐視不管，
實在是怒不可抑。

解說

日語中和「腹」相關的慣用句非常多。「腹が黒い」指的是「心機重，奸詐」，「腹が立つ」指的是生氣火大，「腹を決める」指的是下定決心，使用「腹」的時候幾乎都是「心境」的呈現。

被部長稱讚「腹が座っている」（有膽識）的部下，被稱讚的原因就是他不受外界事物影響的膽識和心志，所以我們可以說日語慣用表現中「腹＝心」。「腹」中的「虫」表現心中的憤懣，不可壓抑的怒氣都是因爲「蟲在作怪」，所以也有「虫の居所が悪い」（蟲子在不該在的地方）的有趣說法。心情不好都是因爲「腹中之蟲」在作怪的緣故。

39

小心「容易搞錯的表現方式」！

「気が置けない友達」是怎樣的人？是「不能原諒」（気が許せない）？還是「不需要在意」（気にする必要がない）？

● 昨年からのプロジェクトにやっと「**けりがつきました**」よ

從去年開始的計畫終於「做出結論」了。

● 彼女、妙に「**世間擦れ**」しているところがあって、結婚する気にはなれませんね

她有點太「世故」了，所以不會想跟她結婚。

● 息子が残酷な方法で親を殺すなど、「**鳥肌の立つ**」ニュースが多いな

最近有很多像是兒子用殘忍方法殺害雙親等令人「毛骨悚然」的社會新聞。

● 社長の推測はいつも「**的を射ている**」。予測能力が高いってことかなー

社長的預言總是「一語中的」，表示您預測能力很高吧！

「おざなりにする」（敷衍了事）和「なおざりにする」（放著不管）很像，哪裡不一樣呢？

● タイタニック号は海の「**モズク**」or「**モクズ**」と消えた?ん?どっち?

鐵達尼號是消失在海裡的「海藻」還是「藻屑」之中？咦？是哪個？

● 仕事のできる彼には今度の挨拶まわりの仕事は「**力不足**」or「**役不足**」ですよ

工作能力高的他，這次擔任去向客戶們打招呼的工作是「實力不足」還是「大材小用」呢？

● 油断していると、ライバル社に「**足元をすくわれるよ**」or「**足をすくわれるよ**」

一個不注意，就會被對手公司「被絆倒腳邊」還是「被絆倒腳」呢？

搞清楚正確的意思吧！

1 気(き)が置(お)けない

→不需要客氣，可以輕鬆交往。

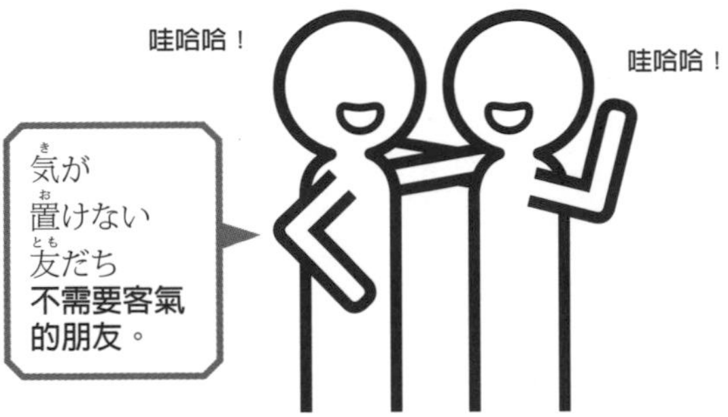

2 おざなり、なおざり

「おざなり」是指為了湊數而敷衍了事的樣子。

「なおざり」是指隨便而放著不管的樣子。

會話例1 （結束朝會後）

部長	新入社員の青木君の欠勤が続いているけど、理由はなんかね？	新進員工青木持續曠職，有什麼理由嗎？
員工	何か、うつ病の症状が出てるらしいんですかど……	聽說，好像是出現憂鬱症的症狀……
部長	彼には会社の中で気が置けない友人はいないのかね	他在公司裡，沒有不需要客套的朋友嗎？

解說

「気が置けない友達」指的是什麼樣的朋友？

可以讓對方看見自己平時模樣的朋友，可以輕鬆交往的朋友，大概就是這樣的朋友吧。任何人一定都會有一兩個不需要客氣的朋友，這一點無論男女都一樣。

如果剛開始交往的女朋友莫名「世間擦れ」（滑頭，老油條）的話，你會怎麼辦？對於世事的表裡知道得太透徹，不禁讓人懷疑她是在怎樣的環境長大的。

「要是對她太放心，結果連秘密都被掌握了就太可怕了。」或許會有人這樣想吧？

會話例2 **（抬頭看變得老舊的房子）**

この家も、木造建築の上に、
築二十年、手入れもせずに
なおざりにしておいたので、
ボロボロだな

這個房子不但是木造建築，而且已經有二十年歷史了，一直都沒有保養，
放著不管的結果，
就是這樣破破爛爛。

お部屋のリフォームも
頼みたいけど、安くても、
おざなりの工事をされると困るし……

想請人來整修房子，
但是太便宜的話，
也擔心對方會不會偷工減料，敷衍了事……

解說

「なおざり」和「おざなり」都有「隨便」的意思，「おざなり」有「只要趕得上就好」的敷衍意味；相對的「なおざり」則是什麼都不做，「抱著隨便的態度棄置不顧」的意思。

前面鐵達尼號的例句中，「海のモズク」和「海のモクズ」雖然都是海藻，但「モズク」是可以吃的海藻，「モクズ」則是生長在海中的海藻碎屑。這個例句的正確答案應該是「モクズ」。

另外兩個例句的答案分別是「役不足」和「足をすくわれる」，也是經常被誤用的慣用表現。

40

徹底運用「對義語」和「反義語」

像「左右」這樣成「組」的表現稱為「對義語」。

● 放送収入が黒字から赤字になったのは、営業担当の我　の責任ではありません

播映收入從盈餘變成虧本，不是我們業務窗口的責任。

● 企画部のせいだと言うんですか？どちらが正しいか白黒はっきりさせましょう

難道你的意思是企劃部害的嗎？到底誰對誰錯，弄個清楚吧。

● 年末は「紅白歌合戦」という時代は終わったと思うんですよね。新企画を考えないと

一到年底就要看「紅白歌唱大賽」的時代已經結束，該想新企劃了。

● プロレスの青コーナー、白コーナー、左右で対抗試合というアイディアはどうですか？

把職業摔角分成藍隊和白隊，左右兩邊對抗競賽，這個企劃如何？

像「善惡」這樣擁有完全相反意義時則稱為「反義語」，包含在「對義語」的範疇內。

● うわー、達筆でいらっしゃいますねー。とんでもない、悪筆そのものですよ

哇，您寫得一手好字。沒的事兒，我的字不好看。

● 前回の選挙ポスターは悪評でさんざんでしたが、今回は好評のようですよ

上次的選舉海報不受好評，不過這次的大受好評。

● 君の得手・不得手（苦手）なものは何だね？

你擅長和不擅長的東西各是什麼？

學好「對義語」和「反義語」

1 「對義語」：像「左右」這樣成「組」的表現。

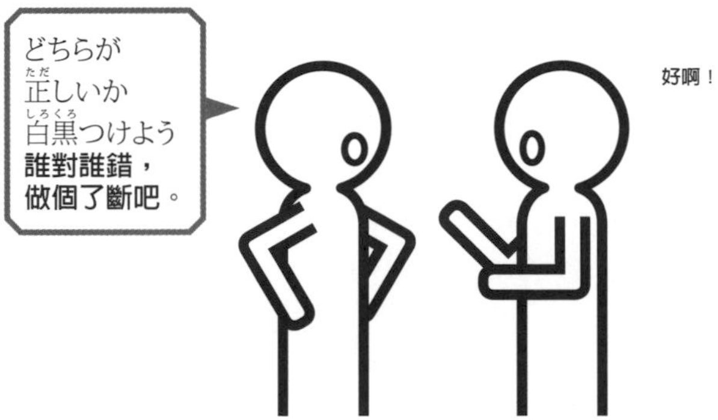

2 「反義語」：像「善惡」這樣擁有完全相反關係的表現。

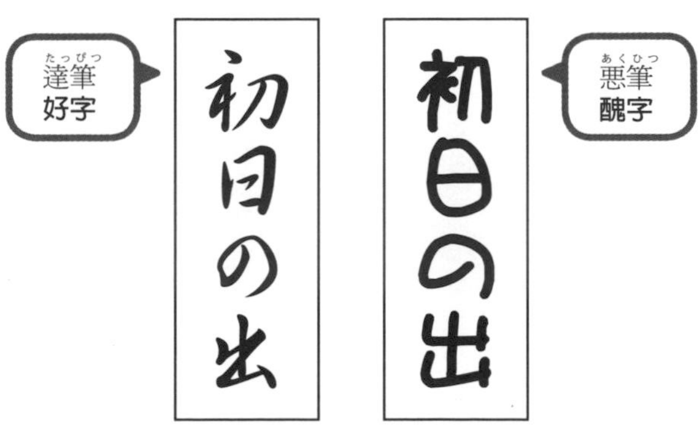

會話例1 （準備出馬競選）

顧問

君、今度選挙に出馬するそうだね。
減税はいいけど、
増税はやめたほうがいいよ

你這次要出馬競選吧。
減稅是很好，
可最好別增稅喔。

加藤

ええ、当選するか落選するか。
結局そこがポイントですね。
大丈夫かな……

是啊，這應該是當選或
落選的重點吧。
我選得上嗎……

部長

悲観的にならずに
楽観的に考えたほうがいいよ

別太悲觀，
最好樂觀思考比較好。

解說

看前一頁的「顏色」例子就知道，對義語不一定＝反義語。

「白黒はっきりさせよう」（誰對誰錯，弄個清楚吧），這句話中的「白黒」指的是「對與錯」。日本除夕夜一定舉行的「紅白歌唱大賽」或運動會時的「紅組・白組」，摔角擂台上的藍隊、白隊……「白色」和各種顏色都能組合。

日語中「古い」（舊）的反義語是「新しい」（新），但英語中的old卻有「舊」和「上了年紀」兩個意思，所以也存在「new」與「young」兩個反義語。

會話例2　（一邊看不動產公司的廣告單）

丈夫：建売住宅だと、何だか同じサイズの家が規則的に並び過ぎていないか

建案住宅的房子都是相同尺寸，規則並列在一起的呢。

妻子：確かに。一軒一軒姿や形の違う戸建てのほうが、不規則な面白さがあるわよね

對啊。每棟外型都不同的獨戶平房樣式較不規則，也有趣多了。

丈夫：要は、我々が幸せに暮らせればいいわけで、お互いに気を配って不幸せにならないようにしような

總之，只要我們能生活得幸福就好，彼此都要注意別讓對方陷入不幸喔。

解說

日語的對義語有很多都是「得手・不得手」（擅長・不擅長）、「幸せ・不幸せ」（幸福・不幸）、「能率・非能率」（效率高・效率低）等，藉由冠上「不」或「非」來達成否定表現的例子。

英語也有同樣的現象。例如冠上「un」的happy／unhappy（幸福・不幸），冠上「ir」的regular／irregular（規則・不規則），冠上im的possible／impossible（可能・不可能），都是反義語。

人類社會經常對事物採取二元對立思考，這就是對義語和反義語之所以存在的原因。

41

「音読み」（音讀）和「訓読み」（訓讀）該如何區分使用

「音讀」是採用古時中國傳來的發音，根據傳來時期的不同分成三種類的音讀。只有音讀，無法表達意思。

● 「もしもし**田**と申します。漢字では田んぼの**田**です」

「喂喂，我姓田（den）。漢字寫成田畝的田（ta）。」

● 先生、「**触**れると危険」の「**触**」は、音読みだと「**ショク**」ですか？

老師，「触れると危險」（危險勿碰）的「触」（fu），音讀是「shoku」嗎？

「訓讀」是以日語發音配上中國漢字，動詞則加上注音假名，訓讀可以掌握詞彙的意義。

● 「休業します」和「お休みします」。

「休」（キュウ）は音読み、「休（やす）む」は訓読みになります

「停工」和「休息」。

「休」（kyuu）是音讀，「休む」（yasu-mu）是訓讀。

「音讀」生於中國，「訓讀」生於日本

1 「音讀」：採用中國傳來的發音。

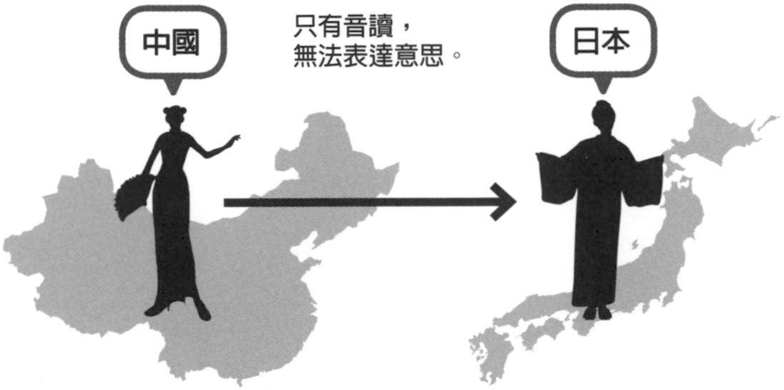
中國
只有音讀，
無法表達意思。
日本

2 「訓讀」：以日語發音配上中國漢字。

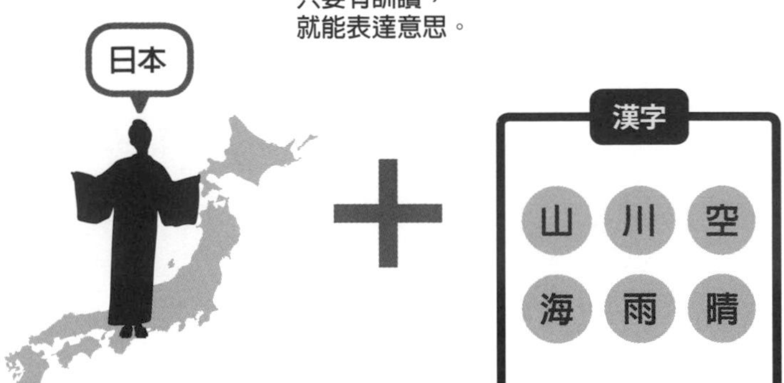
只要有訓讀，
就能表達意思。
日本
漢字
山
川
空
海
雨
晴

會話例1　（新進員工進公司前）

丈夫	四月から新入社員が二十人入ってくるんだけど、名前が読みにくくて	四月開始要進來二十個新進員工。名字的讀音都好難。
妻子	たとえばどんな？	例如哪些？
丈夫	「紀子」っていう漢字で、「のりこ」かと思ったら「キコ」だって	像是「紀子」，我以為讀成「noriko」，結果說是「kiko」。

解說

我們人類，自古以來便以語言作爲溝通的工具。

可是，原本是沒有文字的日本人，在經歷過將中國漢字引入日語的「偉業」之後，古代日本人擁有了以漢字配上日語發音的「訓讀」，以及直接模仿中文發音的「音讀」。

日後，訓讀確立爲日常生活語，幾乎所有動詞都是訓讀。食べる（吃）、読む（讀）、聞く（聽）、書く（寫）、歌う（唱歌）、洗う（洗）……都是用漢字配上日語發音，如此一來便易於表達意思，作爲使用頻率高的詞彙持續被使用。

會話例2 （在辦公室）

（どうしよう。今晚(こんばん)マンションの寄合(よりあい)があるから、五時(ごじ)には帰(かえ)らないと）

（怎麼辦，今晚公寓住戶有聚會〔寄合：訓讀發音yoriai〕，五點就得回去了。）

部長(ぶちょう)、今晚(こんばん)は私用(しよう)で定時退社(ていじたいしゃ)させていただきたいですが……

部長，今晚我有私事（私用：音讀發音shiyou），請讓我準時下班（定時退社：音讀發音teijitaisha）……

解說

在公司等公共場合，經常需要使用音讀。

「五點離開公司回家」，在公司用語就是「定時退社(ていじたいしゃ)」（音讀），是適合用在公共場合的表現方式。

日本人在溝通時，經常會下意識地在日常生活中使用「訓讀」，而在公共場合使用「音讀」。

容易搞混的人名或地名，如果不標上注音假名的話，經常都不知道該怎麼讀。

而且，音讀總共分成三種類呢。

日語真的很難！

42

了解「三種音讀」

> 米（マイ）是吳音，約於西元五～六世紀時，從中國南方經朝鮮百濟傳入日本。

● 呪文の「文」はモン（m：呉音）、文学の「文」はブン（b：漢音）です

「呪文」的「文」讀作「mon」（m：吳音）、「文學」的「文」讀作「bun」（b：漢音）。

● 会社内の「内」はナイ（n：呉音）、境内の「内」はダイ（d：漢音）です

「會社內」的「內」讀作「nai」（n：吳音）、「境內」的「內」讀作「dai」（d：漢音）。

> 米（ベイ）是漢音，約於西元八～九世紀時，從中國長安經由遣唐使傳入日本。

● 平等の「平」はビョウ（b：呉音）、平和の「平」はヘイ（h：漢音）です

「平等」的「平」讀作「byou」（b：吳音）、「平和」的「平」讀作「hei」（h：漢音）。

● 天然の「然」はネン（n：呉音）、自然の「然」はゼン（z：漢音）です

「天然」的「然」讀作「nen」（n：吳音）、「自然」的「然」讀作「zen」（z：漢音）。

> 行腳（アンギャ）的「アン」是唐音，是十三世紀時由禪僧引進日本的發音，有許多特殊音。

● 布団、暖簾などの特殊な読み方はどれも唐音で入試にも出やすい

布団（讀作huton），暖簾（讀作noren）等特殊的讀音都是唐音，考試時也容易被出題。

音讀有三種？

1 「吳音」：西元五～六世紀時，由朝鮮百濟傳入日本。

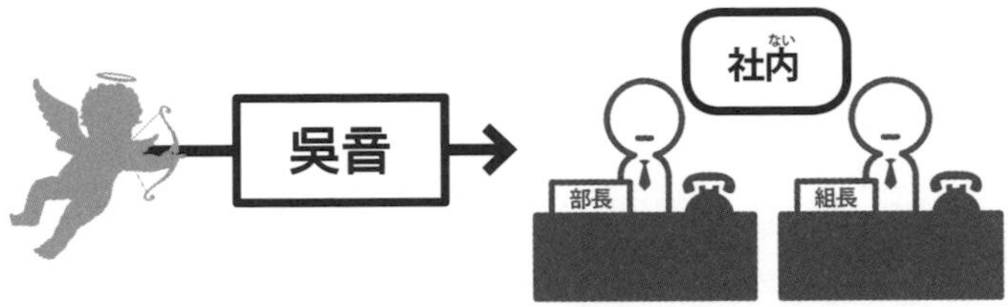

2 「漢音」：西元八～九世紀時，由遣唐使傳入日本。

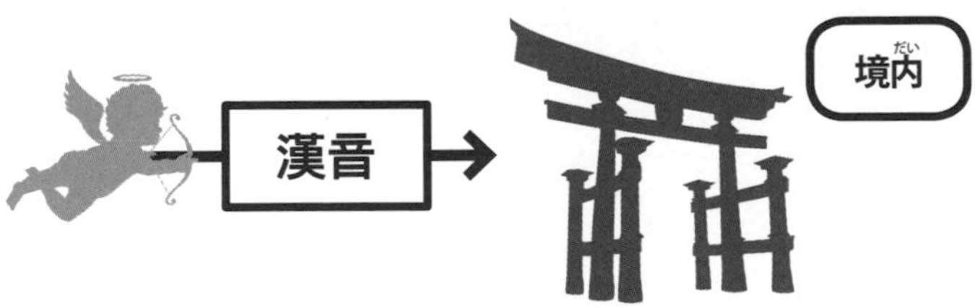

3 「唐音」：十三世紀時，由禪僧引進日本。

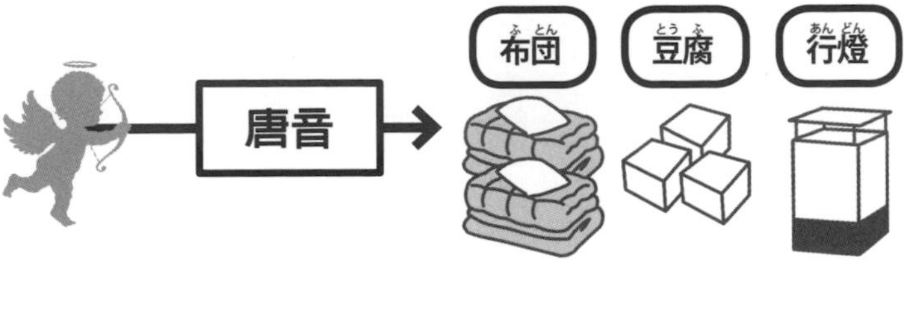

會話例1　**（入社考試前夕）**

父親	もうすぐ入社試験（にゅうしゃしけん）だね。 準備（じゅんび）はできた？	就快要入社考試了， 準備好了嗎？
兒子	一次試験（いちじしけん）では 漢字（かんじ）の読（よ）みが出（で）るそうだけど、 勉強（べんきょう）の仕方（しかた）が分（わ）からなくて	初試時說會考漢字讀音，但我不知道該如何準備。
父親	音読（おんよ）み、訓読（くんよ）みだけではなく、 「行脚（あんぎゃ）」のような特殊（とくしゅ）な音読（おんよ）みも 覚（おぼ）えたほうがいいよ	不只音讀和訓讀， 還有像「行腳」這種特殊讀音， 也最好記住喔。

解說

漢字有「音讀」和「訓讀」，光是這樣就夠令人混亂了，而「音讀」更是依據傳來日本的時期不同，分爲吳音、漢音、唐音三種。

中國定都長安，「漢音」被制定爲標準語，吳音則被視爲「南方的方言發音」。相對於過去使用的「吳音」，日本在奈良時代末期時的朝廷中也獎勵使用「漢音」。

不過，語言是很不可思議的，儘管如此，但早已流傳於人民之間的吳音卻違反了朝廷的意向，一直被使用至今。

會話例2　（關於接待外國來客）

君、今度シンガポールからの
ご一行を迎えるに当たって、
英文の会社案内をよろしく頼むよ

為了迎接來自新加坡的客人，
麻煩你用英文製作一份公司簡介。

承知しました。
一行目からは、
社長の歓迎のメッセージにしようと
思いますが、いかがでしょうか

那麼第一行我想從社長您的致詞開始，
不知您意下如何？

解說

同時存在於日語中的「吳音」和「漢音」是有其音韻法則的。吳音中發「m」的音，在漢音中發「b」音。比方說前面的例句提及的「文：モン・ブン」，其他還有「木：モク・ボク」、「物：モツ・ブツ」、「末：マツ・バツ」等也是。同樣的也有（b：吳音）、（h：漢音）的法則。如「貧：ビン・ヒン」、「白：ビャク・ハク」都是。

我們在日常生活中學習新單字時，並不會去區別是吳音還是漢音。不過，可以了解一下多樣化的音讀背後有什麼樣的歷史由來也不錯。

43 什麼是「和語」、「漢語」、「外來語」？

「和語」是日本固有的語言，以訓讀發音，多為日常用語。

● 私たちの新婚旅行は海辺の小さな**宿屋**だったよ（祖母）

我們的蜜月旅行住在海邊的小旅社喔。（祖母）

● 新婚の昼飯は、近くの**めしや**で食べたんだったな（祖父）

新婚的午飯，是在附近的飯館吃的呢。（祖父）

「漢語」是從中國大陸傳入日本的語言，以音讀發音。

● 私たちは熱海の有名なローマ風呂のある**旅館**だったわ（母親）

我們是去熱海有名的羅馬溫泉旅館。（母親）

● 海辺の**食堂**で食べたサザエの壺焼き、おいしかったな（父親）

在海邊食堂吃的壺燒蠑螺，很好吃呢。（父親）

「外來語」是除了漢語之外，來自外國的語言，以片假名標記書寫。

● 素敵なホテルの**レストラン**でビュッフェを食べたいわ（彼女）

我想在美侖美奐的酒店餐廳裡吃西式自助餐。（女友）

「和語」、「漢語」、「外來語」的不同

1 「和語」：是日本固有的語言，以訓讀發音。

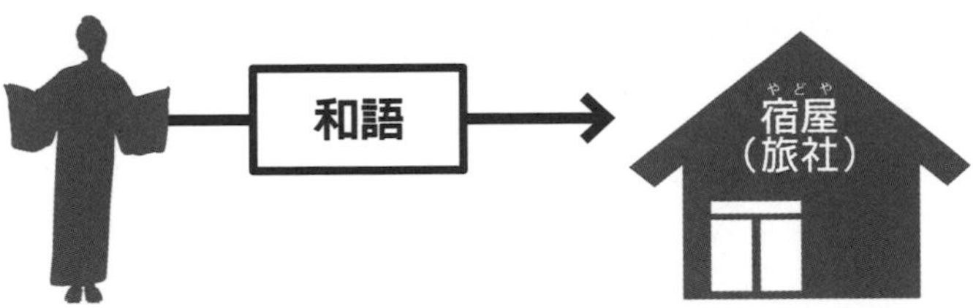

2 「漢語」：是來自中國的語言，以音讀發音。

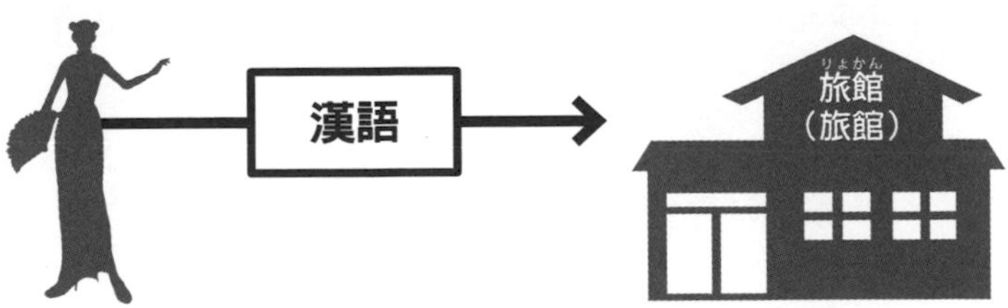

3 「外來語」：是除了漢語之外，來自外國的語言。

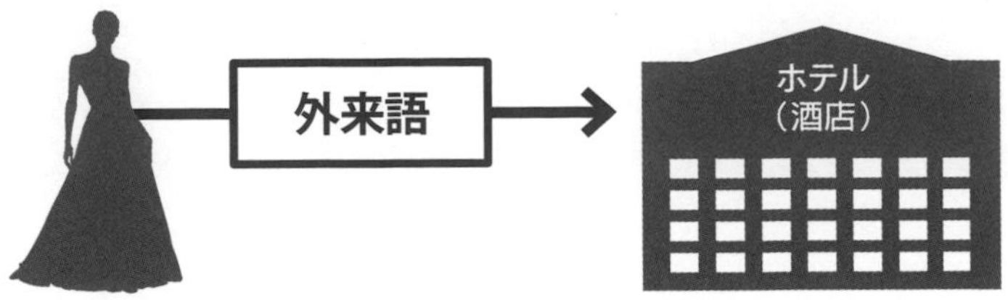

會話例1 （填寫員工旅遊問卷調查時）

今度の社員旅行、山、川、海（和語）、どこがいい？

這次的員工旅遊，山上，河邊，海邊（和語），哪個好？

そうですね、山なら中国山脈（漢語）ですし、河川（漢語）敷のバーベキューもいいですよねー

我想想喔，山上的話可以去中國山脈（漢語），去河邊（漢語）烤肉也不錯呢。

わかった、皆で話し合うか

明白了，問問大家意見吧。

解說

現代日語中，宿屋（和語）、旅館（漢語）和ホテル（外來語）同時並存。每個詞彙都傳達著不同的語感，我們也下意識地區分使用著。

日本自古以來的和語世界（訓讀）加入了來自中國大陸的漢語（音讀），爲日語增添了不少詞彙。許多過去沒有的觀念，也隨著漢語進入語言之中。

《万葉集》中曾使用的「双六」和「布施」都是漢語。到了平安時代，「極樂」和「無常」等佛教用語也作爲漢語被導入日本。

會話例2 （丈夫下班回家時）

あなた、すぐお風呂(ふろ)（和語(わご)）にする？
それとも食事(しょくじ)（漢語(かんご)）？

老公，你要立刻洗澡（和語）？
還是先吃飯（漢語）？

今(いま)、テレビ（外来語(がいらいご)）を見(み)てるから、
先(さき)にビール（外来語）くれない？

我現在要看電視（外來語），
可以先給我瓶啤酒（外來語）嗎？

解說

我們在日常生活中依據不同場合區分使用和語、漢語和外來語、混種語（例如和語＋外來語等，不同語種混合而成的語彙）。

一九九四年日本國立國語研究所發行的雜誌，發表對語彙進行調查的結果，其中和語佔百分之二十五點七，漢語佔百分之三十四點二，外來語佔百分之三十三點八，混種語佔百分之六點四，可見漢語和外來語的比例較高。

不過日常生活中，「洗澡吧」（風呂(ふろ)に入(はい)ろう：「風呂」和「入る」都是和語）、「入浴時間是……」（入浴時間(にゅうよくじかん)：漢語）、「浴室裡不能抽煙」（バスルームはノースモーキング：外來語）等，雖然我們並未特別意識，但確實因應不同場合區分使用著這三種語彙。

44 你知道如何區別「お」和「御」嗎？

「お」放在和語（訓讀）之前。日常用語中也有放在漢語前的例外情況。

● （結婚式で）新婦はA女子大学を優秀な成績で卒業され、**お人柄**（尊敬語）も良く……

（婚禮上）新娘畢業於A女子大學，成績優異，人品（尊敬語）端正……

● ここに**お名前**（尊敬語）をお願いします

請在這裡寫上大名（尊敬語）。

● フランス料理のフルコースね。いつもは手作りのお弁当（美化語・日常語）だから……

是法國料理全餐呢。平常都是吃自己做的便當（美化語・日常語），所以……

● **お酒**（美化語）はまったくダメなんです。ウーロン茶をお願いします

我完全不能喝酒（美化語）。請給我烏龍茶。

「御」放在漢語（音讀）之前。漢字的「御」有時也會以平假名寫成「ご」。

● 新郎・新婦の**ご両家**（尊敬語）から皆様に**ご挨拶**（尊敬語）がございます

請新郎、新娘兩家人（尊敬語）向各位致詞（尊敬語）。

● （友人同士で）**ご祝儀**（美化語）、いくらにしましょうか？

（朋友之間）紅包（美化語）該包多少好呢？

● わー、すごい**御馳走**（美化語）、嬉しい！

哇，好豐盛的大餐（美化語），我好開心喔！

如何區別「お」和「御」

1 「お」：放在和語（訓讀）之前。

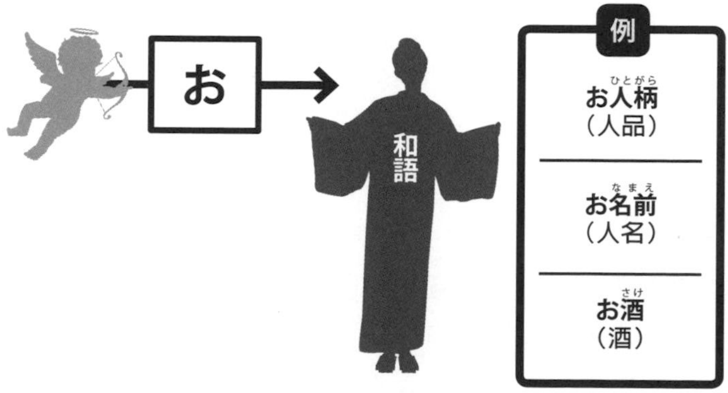

2 「御」：放在漢語（音讀）之前。

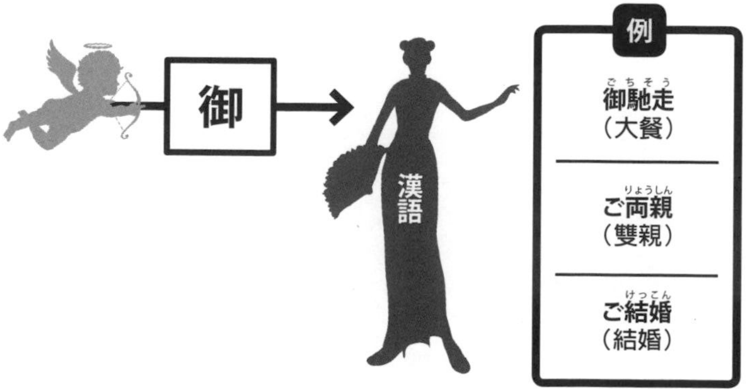

會話例1 **（向上司報告結婚的事）**

部長	ご結婚おめでとう！ お知り合いからの紹介だそうだね	恭喜妳結婚！ 聽說是經由朋友介紹的吧。
員工	ええ、半年ぐらい前に お友だちから紹介されたんです	是的，大約半年前， 朋友幫我介紹的。
部長	そうなんだ。 実は、あなたのご両親からも 丁寧なお手紙を頂戴したよ	這樣啊。 其實，妳父母也 寫了一封禮數周到的信給我呢。

解說

和男性比起來，女性使用「お」和「御」的次數是壓倒性的多。舉個簡單易懂的例子：「やあ、元気？」（嗨，你好嗎？/男性），「お元気でした？」（您好嗎？/女性）。

雖然說「お」使用在和語之前，但像「元気」這樣的漢語在日常生活中也會加上「お」。此外，除了大量使用在尊敬語和謙讓語之外，也常作爲美化語（提高自己的氣質格調）來使用。例如「お花（美化語）を飾りましょう」（來裝飾花吧）之類的。

工作場合雖然較常使用漢語，但像「いくらぐらいお入り用ですか」（大概需要多少呢）這樣作爲和語固定下來的用法也不少。

會話例2　（在銀行）

	御解約(ごかいやく)ですか。 定期預金(ていきよきん)はご継続(けいぞく)されたほうが 有利(ゆうり)ですが	您要解約是嗎？ 建議您定存還是繼續下去比較有利喔。
	どうしようかな	怎麼辦好呢。
	すぐに資金(しきん)がご入用(いりよう)の場合(ばあい)は、 定期預金(ていきよきん)を担保(たんぽ)に お借入(かりいれ)もできますし	如果立刻需要資金的話，也可以用定存當擔保來借款。

解說

官方文書中漢語比和語要來得多，就算是會話，日常用語雖然是和語較多，但在工作場合還是以漢語爲多。

會話例中的結婚典禮場合和銀行場合中，「ご＋漢語」的用法便是壓倒性的多。如果猶豫要寫成「御」還是「ご」時，只要記住「御＋漢字」、「ご＋平假名」的規則即可。

不過，也有如會話例中的「ご継続(けいぞく)」或「ご入用(いりよう)」這類，不寫成「御継続」或「御入用」，而是寫成平假名反而覺得比較恰當的情形。「入用」和「継続」雖然是漢語，但因爲是日常生活中常用的詞彙，所以用「ご」感覺比較妥當。

45

讀得出來嗎？有特別讀音的漢字

閱讀明治時代文豪的小說時，發現外國名稱都寫成漢字。你會讀嗎？

●日本人は外国人を見ると、**亜米利加**人だと思ってしまいがちだ

日本人只要看到外國人，都會以為是亞美利堅人（美國人）。

●森鴎外は**独逸**のベルリンに滞在し、そのときのことを小説『舞姫』に書いている

森鷗外滯留在德意志（德國）的柏林時，寫下了小說《舞姬》。

●**亜細亜**諸国の言語の中で、タイ語はもっとも難しいと思います

亞細亞諸國（亞洲各國）語言中，我認為泰語是最難的。

●**和蘭**は、国土の四十パーセントが海抜ゼロメートル以下だそうですよ

聽說荷蘭的國土有百分之四十六在海拔零公里以下。

漢字寫雪崩，讀音是「なだれ」，漢字寫竹刀，讀音是「しない」。這些都是假借字。

●吹く雪と書いて、何て読むかな。**吹雪**ですよ

漢字寫成吹雪，讀音怎麼讀呢？是吹雪（hubuki）喔。

●これ、ベトナムのお**土産**ですか。土地の産物だから「土産」かな？

這是越南土產（miyage）嗎？因為是該土地上的產物，所以寫成「土產」嗎？

●着物には**草履**でしょう。どうして「草＋履く」？

和服就該搭配夾腳拖鞋（zouri）吧？為什麼是「草＋履く（穿）」呢？

有特別讀法的漢字

1 世界各國國名

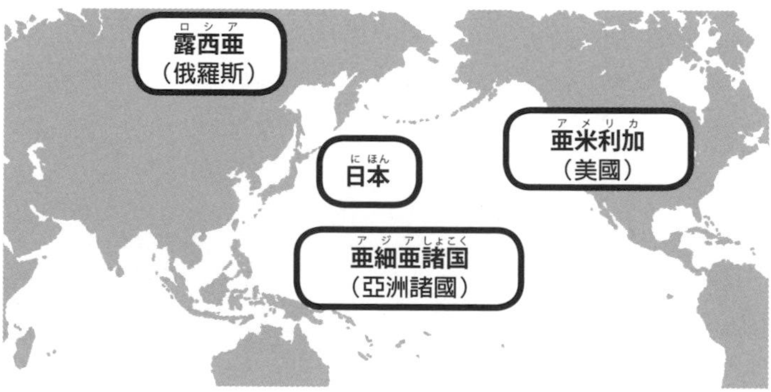

2 特別的讀法

會話例1　**（在國語課堂上）**

學生	明治の作家の小説は当て字が多くて読みにくいです。先生、「希臘」と「墨西哥」って、何て読むんですか	明治時代作家的小說裡借音字很多，不大好讀。老師，「希臘」和「墨西哥」要讀作什麼呢？
老師	確かに読みにくいね。ギリシャとメキシコだよ	確實不好讀。那是girisha和mekishiko喔。
學生	どうしてカタカナで書かなかったのかなー	為什麼不寫成片假名啊。

解說

夏目漱石和森鷗外的小說，也被選入國中和高中的教科書，其中關於外國國名的借音字，頗值得探究一番。

「亜米利加」（美國）和「亜細亜」（亞洲）還算是容易讀的。但寫成「独逸」或「独乙」的德國，以及寫成「白耳義」的比利時可就不容易辨識了。

借音字中特別有趣的就是「宇柳貝」和「巴羅貝」。因爲有個「貝」字，容易教人誤以爲和「櫻花貝」或「卷貝」一樣是貝類的名字，其實這也是國家名。「宇柳」音讀讀成「ウル」，加上訓讀的「貝」，合起來是「ウルグガイ」（烏拉圭），同樣的，巴羅貝則是「パラグガイ」（巴拉圭）。

會話例2　（登山社員工在山中小屋中）

何（なに）、この張（は）り紙（がみ）？
「吹雪（ふぶき）に歩（ある）くと滅茶苦茶（めちゃくちゃ）になる。
山小屋（やまごや）で珈琲（コーヒー）でも飲（の）んで、
くつろぎなさい」ですって

這張告示是什麼？
「走在大風雪會很糟（吃不消），不如在山中小屋喝杯咖啡，休息一下吧」。

確（たし）かに、当（あ）て字（じ）の多（おお）い張（は）り紙（がみ）だね。
でも意味（いみ）は通（つう）じるから
いいんじゃないの？

確實，這張告示用了很多借音字呢。
不過既然看得懂，
那就沒問題啦？

解說

「浪漫派（ロマンは）の作曲家（さっきょくか）は誰（だれ）ですか」（誰是浪漫派的作曲家）。像這樣，刻意不用片假名「ロマン派」而使用借音字，正是一種浪漫主義。夏目漱石的小說就經常使用「兎（と）に角（かく）」或「場穴（ばけつ）」這類從字面或讀音上都猜不出意思的借音字。

不過，至今仍留下來的借音字，都是在日語長久的歷史中一直被持續使用的。例如時雨（しぐれ）、日和（ひより）、小豆（あずき）、足袋（たび）等都是。

當我對留學生說「たび就是腳上的袋子」時，大家都笑了，仔細想想，這也是借音字的一種。

46 學會許多「諺語」吧！

「諺語」是展現先人智慧與教訓的精巧短句。

● A「**船頭多くして船山にのぼる**」、会社のトップが二人いてはね

A「人多口雜易誤事」，公司有兩個老闆也是啊。

● B「**枯れ木も山のにぎわい**」ということで、私も参加させていただきます

B「聊勝於無」，也讓我參加吧。

● Cせっかく日銀がドル買いをしても「**焼け石に水**」、また円高に戻ってしまったね

C儘管日銀購入美金，仍是「杯水車薪」，日圓還是很快就會升值的。

「諺語」中經常出現「鳥」、「馬」、「貓」等動物的例子。

● D「**能ある鷹は爪を隠す**」とは、まさに山田課長のような人を言うのですね

D「真人不露相」，指的就是山田課長這種人呢。

● E「**立つ鳥あとを濁さず**」、転職が決まったので、身辺整理をしなくては

E「離開時不給旁人添麻煩」，既然決定要換工作了，就得把跟自己相關的東西都整頓好。

● F彼には何を言っても「**馬の耳に念仏**」ですから、何も言う必要ありませんよ

F不管跟他說什麼都是「馬耳東風」，根本沒必要說。

● Gあなたにアルマーニのスーツなんて、「**猫に小判**」よ

G給你穿亞曼尼的西裝，根本就是「浪費」。

「諺語」是展現先人智慧與教訓的精巧短句

善用「諺語」吧！

1 船頭多くして船山に登る（せんどうおおくしてふなやまにのぼる）

→指出主意的人多，卻人多口雜反而誤事。

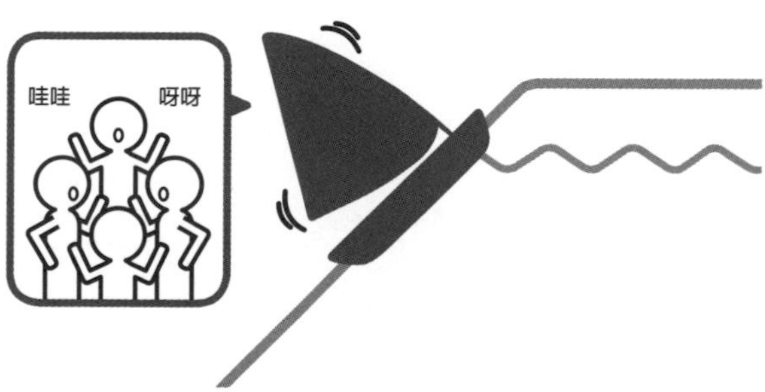

2 立つ鳥跡を濁さず（たつとりあとをにごさず）

→指離去之際，整理得乾乾淨淨不給後面的人添麻煩。

會話例1　**（深夜回家時）**

最近、帰りが遅いのね。
仕事が大変なの？

最近你都這麼晚回來，
工作很忙嗎？

いや、会長と社長の2人のトップの
意見が時　食い違ってさ

唉，因為會長和社長兩位大頭的意見常常不合。

「船頭多くして船山にのぼる」ね。
ともかく、体調に気をつけてね

所謂「人多口雜易誤事」啊。
總之，你自己要注意身體。

解說

A的「船頭」指的就是公司裡有兩位最高主管，導致該決定的事情也無法決定。「船」比喻公司，「山に登る」比喻進行得不順利。

B是將自己比喻爲枯木的謙遜說詞。「像自己這樣無趣的人去了也只是聊勝於無」。

C指的是將水潑在烤熱的石頭上也馬上就會蒸發，比喻對策無法發揮效果。

根據時機和場合妥善使用諺語，能讓自己的溝通能力獲得高評價。

會話例2 （在辦公室）

部長	同期の木村君から聞いたところでは、君の英会話力はネイティブ並だそうだね	我聽和你同期的木村說，你的英文能力和英語母語者一樣好啊。
部下	とんでもない、日常会話が多少できるだけですよ	沒這回事，只是會一點日常生活會話而已。
部長	「能ある鷹は爪を隠す」と言うからね。今度のロンドン出張、同行をお願いしたいな	「真人不露相」啊。下次去倫敦出差時，就請你跟我一起去吧。

解說

諺語中常用我們身邊熟悉的動物來做比喻。

D「能ある鷹は爪を隠す」多半用來稱讚有能力的人真人不露相。

E的「立つ鳥」（振翅的鳥）指的是換工作的場合，不過工作地點改變或搬家、海外出差等情形也可以用。重要的是在「振翅」（離開）的時候妥善整理，不給接手的人添麻煩。

F的「馬の耳に念仏」（不管說什麼都沒用），和G的「猫に小判」都只能用在家人，比自己地位低的人或是非常親近的人身上。可別不小心用在上司身上喔。

47

在會話中使用四字成語吧！

四字成語中使用數字的很多。一、三、四、七、八、千、萬都是常見的例子。

● この会社に入って十年、社長に認めてもらえる**千載一遇**のチャンスが来たぞ

進這家公司十年了，終於遇到被社長認可的千載難逢機會。

● これまで会社の人間関係では**七転八倒**してきたからね

至今，在公司裡的人際關係跌跌撞撞，受了很多挫折。

● 営業成績を上げるのに、**四苦八苦**してきたし

為了提昇業績，受了許多苦。

● しかし人の考えは**千差万別**だから、今回も社長が認めてくれるとは限らないよ

不過每個人的想法都有千差萬別，這次也未必一定能獲得社長認同。

能有效使用在日常生活的四字成語，多半都含有人生教訓。

● この会社に入ったからには、**粉骨砕身**、会社のためにがんばる所存です

既然進入了這家公司，就要粉身碎骨，鞠躬盡瘁。

● 入社のときの気持ちを忘れず、**竜頭蛇尾**に終わらないように。期待しているよ

別忘了進公司時的心情，虎頭蛇尾就不好了。我很期待你的表現。

● 君は**優柔不断**なところがある。決断するときには決断する。それが大切だよ

你有些優柔寡斷的地方。該下決斷時就該下決斷，這是很重要的。

容易用在會話上的四字成語

1 千載一遇（せんざいいちぐう）

→比喻千年只有一次的難得機會。

2 粉骨砕身（ふんこつさいしん）

→比喻全力以赴的努力。

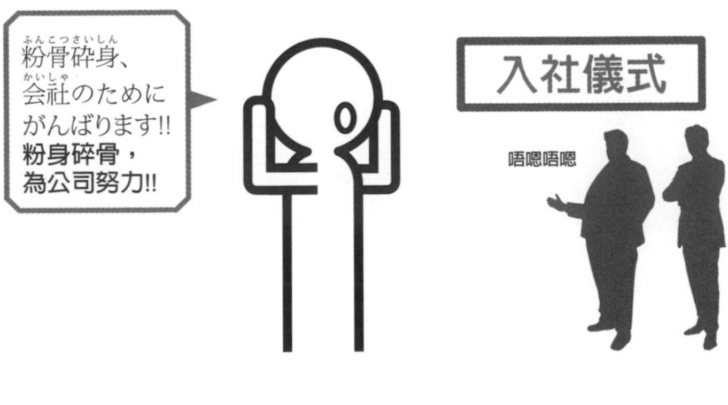

粉骨砕身（ふんこつさいしん）、会社（かいしゃ）のためにがんばります!!
粉身碎骨，為公司努力!!
入社儀式
唔嗯唔嗯

會話例1 （發現情報洩漏時）

員工	大変です！ うちの社の新企画が 他に漏れています	糟糕了！ 我們公司的新企劃洩漏出去了。
上司	情報を漏らすとは言語道断、 そんなことをしたのは誰だ！	情報洩漏是很嚴重的， 是誰做出這種事！
員工	分かりません。 みんな企画が実現するのを 一日千秋の思いで待っているのに	我不知道。 照理說大家都很期待實行這個企劃才對啊。

解說

四字成語中有很多使用數字的例子，仔細思考意思都相當有趣。

「千載一遇のチャンス」（千載難逢的機會），既然是千年一次的機會，換句話說就是機率相當低的機會。「七転八倒」指的是痛苦受挫，原因多半是戀愛或欠債等，形容在人類社會中跌跌撞撞的模樣。

「四苦八苦」是指非常痛苦、辛苦的意思，從佛教認爲人類有八苦的概念而來。「人の考えは千差万別」（每個人的想法千差萬別），爲了形容每個人的想法都不一樣，在這個例子裡使用了「千」和「萬」的單位量詞。

會話例2　（收到來自公司的祝福）

丈夫	君、会社から結婚記念日のお祝いが届いたよ	收到了公司送我們的結婚紀念日禮物喔。
妻子	嬉しい、 でも、今年も会社の製品でしょうね	真開心， 不過，今年送的也是公司的商品啊。
丈夫	自社製品を贈るところは、 昔から首尾一貫しているね	送禮就送自家商品， 這是從以前到現在一貫的方針啊。

解說

「粉骨砕身」（粉身碎骨）比喻全力以赴的努力，可以用來稱讚努力的人，或是說明自己有多努力時也可以使用。

例句中長官給新進員工的建議是「竜頭蛇尾に終わらないように」（不要虎頭蛇尾），這個成語指的是一開始衝得很快，表現很好，快結束時卻後繼無力，像長著龍的頭卻只有蛇的尾巴一樣。「優柔不断ではいけない」（不可以優柔寡斷）則指的是對事物沒有決斷能力。這兩個成語也能用在朋友或小孩身上。

48

使用季節語創作俳句吧！

被稱為世界最短的詩的俳句中包含季節語。學會使用春夏秋冬的季節語吧。

● 春の季語：おぼろ月、磯遊び、桜桃の花、遅桜、麦青む

春天的季節語：朦朧的月，岸邊遊樂，櫻桃之花，遲開之櫻，青澀的新麥。

● 夏の季語：朝顔、アマリリス、海開き、風薫る、祇園祭、暑気払い、サングラス

夏天的季節語：牽牛花，孤挺花，海濱開放，薰風，祇園祭，消暑，墨鏡。

● 秋の季語：時雨、銀杏散る、稲刈り、菊人形、キリギリス、月を待つ、月の宴

秋天的季節語：時雨，銀杏凋落，割稻，菊人形，螽斯，待月，月宴。

● 冬の季語：熱燗、あんこう鍋、門松立つ、枯れ木、寒稽古、シクラメン、秩父夜祭

冬天的季節語：暖酒，鮟鱇魚鍋，立起門松，枯木，寒冬操練，仙客來，秩父夜祭。

讓著名俳人的俳句朗朗上口吧。

● **名月**をとってくれろと泣く子かな、めでたさも中くらいなりおらが**春**／小林一茶

孩子哭鬧著要摘下明月，在中等的好運中迎接春天。

● 閑さや岩にしみ入る**蝉の声**、**松島**や ああ松島や松島や／松尾芭蕉

靜謐中的蟬聲清亮彷彿要滲入岩石之中，讚嘆松島的俳句。（大意）

● **春の海**ひねもすのたりのたりかな、**菜の花**や月は東に日は西に／与謝蕪村

詠春天的海面平靜無波的閒適，詠日月之下廣闊菜花田的情景。（大意）

熟悉俳句中的季節語

1 春

- ●おぼろ月（朦朧的月）
- ●桜桃の花（櫻桃之花）
- ●遅桜（遲開之櫻）
- ●麦青む（青澀的新麥）

2 夏

- ●朝顔（牽牛花）
- ●アマリリス（孤挺花）
- ●海開き（海濱開放）
- ●風薫る（薰風）

3 秋

- ●時雨（時雨）
- ●稲刈り（割稻）
- ●菊人形（菊人形）
- ●キリギリス（蠡斯）

4 冬

- ●あんこう鍋（鮟鱇魚鍋）
- ●門松立つ（立起門松）
- ●枯れ木（枯木）
- ●シクラメン（仙客來）

會話例1 （假日午後）

風薫る五月、
本当に気持ちのいい春の一日だね。
君、俳句やってるんだろう。
一句頼むよ

薰風五月，
真是舒服的一個春日啊。
妳不是會詠俳句嗎，
來個一句嘛。

季節は三月、四月、五月が春でしょ、
でも俳句の季語は旧暦なので、
「風薫る」は夏よ

一般來說雖然三月、四月、五月是春天，
但俳句的季節語用的是舊曆，
「薰風」是夏季用語喔。

解說

俳句被稱爲世界上最短的詩。五字七字五字，加起來僅十七字，卻能表達出眼前情景或內心情感，這樣的俳句正在世界各地流行著，聽說甚至出現英語俳句和俄語俳句呢。

外國人似乎認爲只要是日本人誰都會詠俳句，我經常遇到外國人希望我教他們俳句。這時，我都會先告訴他們關於「季節語」的存在。

使用例句中的季節語，就算是門外漢也能創作出簡單的俳句。如果選擇花的話，春天有櫻花，夏天有牽牛花，秋天有菊花，冬天有仙客來，大概是這樣吧。

會話例2　（上司看來很煩惱的樣子）

今度、結婚式の仲人で
スピーチするんだけど、
スピーチに俳句入れたいんだ。
何か知らない？

下次我要以主婚人身分，在婚禮上致詞。
我想在致詞中加入俳句，
你知不知道有什麼好的句子？

「外にも出よ　触るるばかりに　春の月」
ってどうです？
中村汀女の句ですけど、
新婚の二人に、
夜は二人で月を仰いで下さい、
というロマンチックな感じが
出るんじゃないですか？

這句如何？
這是中村汀女的俳句，
是對新婚的兩人說，
請在夜裡共同仰望月空吧。
應該很能表達浪漫情懷吧？

解說

只要是日本人，應該都學過俳句。不過，想要在日常會話中使用俳句時，卻往往想不出來。

看到部長回公司，問他「怎麼了嗎？」，部長用這句俳句回答：「失いしものをさがしに冬帽子」。後來一查，才知道這不是部長的創作，而是有馬朗人（物理學者，政治家）的俳句。

不過，比起直接說「東西忘了帶走」，而在倉促間能以俳句回答的部長，博學的程度還真令人敬佩。

49 想學會的短歌

短歌的構成是五七五七七共三十一字。平安時代就已存在。

● 「相聞歌」は男女の間の恋愛感情を詠んだもの

「相聞歌」詠的是男女之間的戀愛情感。

● 「挽歌」、「鎮魂歌」は亡くなった人を悲しんで詠んだもの

「挽歌」、「鎮魂歌」詠的是對過世的人的悲懷。

● 「自然詠」は自然を主な対象として詠んだもの

「自然詠」是以自然為主要的吟詠對象。

● 「季節詠」は移り変わる四季を詠んだもの

「季節詠」詠的是更迭變化的四季。

和歌中也很常見詠頌季節的「季節詠」。

● 春：くれないの　二尺のびたる　薔薇の芽の　針やわらかに　春雨の降る／正岡子規

（病中倍感寂靜時看見庭中薔薇而詠的短歌）

● 夏：春過ぎて　夏きにけらし　白妙の　衣ほすてふ天の香具山／持統天皇

（春天過了，夏天就要來了，夏天一到，香具山上就晾著白色的褉衣）

● 秋：見渡せば　花ももみじも　なかりけり　浦のとまやの秋の夕暮／藤原定家

（環顧四周，沒有花也沒有楓葉，只有海邊的破小屋，這樣的秋天生活，心中的感傷所為何來）

學習四種短歌

1 相聞歌（そうもんか）

＝詠的是戀愛情感。

2 挽歌（ばんか）

＝詠的是對逝者的悲懷。

3 自然詠（しぜんえい）

＝吟詠自然。

4 季節詠（きせつえい）

＝吟詠四季。

會話例1　**（即將迎接結婚二十週年的夫妻）**

丈夫	僕たちも結婚二十周年だね。 明日、「イッセイミヤケ」のブティックでドレスをプレゼントするよ	我們即將結婚二十週年了呢。 明天，我們去「三宅一生」店裡吧， 我買禮服送妳。
妻子	私にイッセイなんて似合わないわ。 「花の色はうつりにけりな」よ	我才不適合穿三宅一生的衣服呢。 「年老色衰」了啦。
丈夫	そんなことないさ。 初めて会った初　しい君がまだ記憶に新しいよ	沒這回事。 我還記得第一次見到妳時那青澀的模樣。

解說

萬葉時代有比三十一字還長的「長歌」及「旋頭歌」的存在。不過奈良時代以後，相對於「長歌」而產生了「短歌」，經過一番迂迴曲折，直到現代依然存在。

會話例中的「花の色～」是有美人之譽的小野小町所詠的短歌，指的是「櫻花也會在春雨下褪色，相同的，自己的美貌也會隨著年老而色衰。」

ふる有「降る」（降雨）和「ときを経る」（時光流逝）的雙重意思，ながめ則是「長雨」和「眺める」的雙關語。

會話例2 （在公司休息室）

五年ぶりに、
この正月は岩手の実家に帰るんだ。
小学校の同窓会長なんでね。
会長として何か気の利いた
スピーチをしないと

睽違五年，
過年時我要回岩手老家去了。
因為被選為小學同學會的會長啦。
身為會長，得來段像樣點的致詞才行呢。

確か岩手山があるんだよね。
「ふるさとの山は　ありがたきかな」
とスピーチに入れると
会長らしいと思うけど

沒記錯的話你老家有座岩手山吧。
你可以把「看著故鄉的山，感動得無話可說」加入致詞，
就會很有會長架式喔。

解說

石川啄木是明治時代的代表歌人之一，經常吟詠具有強烈社會主義的短歌。

不過這裡舉出的例子，是他在抒發對故鄉思念之情的短歌。古今東西，無論時代如何變遷，這首短歌都毫無疑問地打動人心吧。

「ふるさとの　山にむかいて　言うことなし　ふるさとの山は　ありがたきかな」（看著故鄉的山，感動得無話可說）

會話例中的員工A因爲住在岩手縣的岩手山，所以可以直接援引，若是住在海邊的人也可以改吟「ふるさとの　海にむかいて　言うことなし」。或是對朋友吟「ふるさとの　友にむかいて　言うことなし」，都能表達出那份懷念之情。

50 問答時間！正確的漢字是？

「同音異字」是指發音相同的幾組音讀漢字。

● 部長の趣味がパラセーリングとは（A意外、B以外）だったよ

部長的興趣是拖曳傘啊，真令人（A意外，B以外）呢。

● 二人の性格は（A対照、B対象、C対称）的でお互いを補い合えるカップルになりそう

那兩人的性格呈現（A對照，B對象，C對稱），一定能成為一對互補的情侶。

● マンションの（A非難、B避難、C批難）訓練をしないといけませんね

得參加公寓的（A非難，B避難，C批難）訓練才行。

● 彼、どうしたの？（A静止、B勢至、C制止）するのも聞かずに飛び出すなんて

他怎麼了？不聽（A靜止，B勢至，C制止）就飛奔出去了。

「同訓異字」是指發音相同的幾組訓讀漢字。

● 今日は精いっぱい司会を（A務め、B努め、C勤め）させていただきます

今天也會努力擔任（A務め，B努め，C勤め）司儀的。

● 震災袋、ここにあるよ。（A備え、B供え、C具え）あれば憂いなしって言うでしょ

震災救生包在這裡喔。有備（A備え，B供え，C具え）無患。

● この（A済んだ、B住んだ、C澄んだ）海の色、エメラルドグリーンって言うのかな？

這片澄澈（A済んだ，B住んだ，C澄んだ）海洋的顏色，就像祖母綠一樣吧？

正確的是哪個？

1 「同音異字」是指發音相同的幾組音讀漢字。

二人の格好は、すごく**対照**的だ
那兩人的打扮，相當具有對照性。

（×……対象、対称）

2 「同訓異字」是指發音相同的幾組訓讀漢字。

彼は精いっぱい司会を**務めた**
他很盡力地擔任司儀。

（×……努める、勤める）

會話例1　**（在辦公室）**

員工	部長、 企画部ミーティングの議事録です	部長， 這是企劃部會議的會議記錄。
部長	一読しただけで、誤字が多いのが分かる。 大体「今日の真偽は」って、 いったい何のつもりだ！	我才看了一眼就知道錯字很多。 像這句「今天的真偽」到底是什麼東西！
員工	あ、すみません。 「審議」の間違いです	啊，抱歉。 是「審議」，寫錯了。

解說

電腦普及的結果，資料文件也大多都用電腦製作了。只聽到「かいほう」的發音，還真無法判斷到底是指「解放、快方、開放、会報、介抱」的哪一個。

我們可以看文章前後的文脈，就能判斷出是「毎月出す会報のレイアウト」（每個月出版的會報版型），還是「人質がやっと解放された」（人質終於被解放了），或「日曜日は会社の一階フロアを市民に開放して、コンサートをする」（星期天公司一樓開放給市民舉行演奏會）、「入院していた部長の病状も、奥様の介抱の甲斐あって、やっと快方に向かっているそうです」（聽說住院的部長在夫人照顧下，終於朝痊癒的方向前進了）。

會話例2　**（在玄關）**

すみません。家族で一週間ほど
海外旅行で家を空けますので、
何かありましたら、
メールを一本いただけませんか

抱歉，我們全家要去國外旅行，一個星期家裡都沒人在。如果有什麼事的話，可以請您寫封電郵給我嗎？

え、家を開けていかれたら、
泥棒に入られますよ。
最近は物騒ですから

咦？一個星期都開著家門，這樣會遭小偷喔。最近這一帶也不平靜啊。

解說

關於「同訓異字」，反而比較不容易引起誤會。畢竟不大可能會有像會話例中的太太那樣傻氣的人，把「家を空ける」（家裡沒人）誤會成「家を開ける」（打開家門）吧。

不過，「アケル」這個訓讀再加上「フィンランドの夏は白夜で、夜が明けるという実感がない」（芬蘭的夏天是永晝，晚上天還是亮的，沒有入夜的感覺）的用法，至少有三組漢字。

此外，用語調高低來判斷的場合也很多，真的很容易搞錯。例如「石川遼君はファンの熱い（低高高）視線を浴びながら、暑い（低高低）中がんばっている」（石川遼在球迷熱情的視線注視之下，在炎熱的天氣中努力打球）。

後記

寫完本書之後

人生中總是會發生意想不到的事。以我的例子來說，人生甚至一直不斷發生意想不到的事。全部寫出來就太長了，所以在此省略……

日語教育是個不起眼的世界，雖然來日本的外國人數增多，但現狀卻是認眞想學習、從事「日本語教師」這個行業的人並不多。

至今，包括共同著作和共同監修在內，我已經寫了五十本以上關於日本語論或日本語的書。此外，中學的文科省（教育部）檢定國語教科書中，刊載我所寫的文章也已經超過二十年了。可是，我和小說家或音樂家不一樣，依然是個不爲一般人所知的存在，安靜地生活在世界的某個角落。

從幾年前開始，作爲日語解說者，開始有電視台邀請我上節目，也收到了不少演講邀請。我認爲這個變化的背景乃是日本這個國家開始朝著「多文化共生」邁進的緣故。

去年初夏，在《日經Business Associé》編輯部上岡隆先生的委託下，我開始了連載，這也是一件我原本意想不到的事。不過，拗不過上岡先生的熱情，我竟然能在從未發表過文章的經濟商業雜誌上用詼諧的文筆寫起了「跨頁兩頁，連載六次加特集一次」的連載。不只是日本各地，到處都引起了迴響。連住在紐約的朋友都傳來「我讀了喔，出乎意料的有趣」的感想。這使我感覺到「日本人大半都是商務人，我應該寫一本給這樣的人們看的書」。

這次的連載也成爲一個契機，引起多家出版社對我邀稿。每一家都是與日本語教育毫無關聯的出版社。我猶豫了很久，最後選擇在其中最亮眼的編輯——中經出版社的中村明博先生身上賭一把。

我和他一起選了「五十個項目」，一起擬定「用插畫表現日語」的概念。寫完一篇就寄給他看，只要收到他「很有趣呢」的一句話，我就能振筆疾書繼續寫下去。回想起來，他既是我的第一位讀者，和他一起擬定的五十個項目也成爲電視猜謎節目的問題，其中有些問題，連有名的演員或女明星都答不出來。我在此衷心感謝給我機會爲商務人士撰寫文章的上岡隆先生，以及熱心編輯本書的中村明博先生。

日文書名提到的「九成日本人」，其實我自己都抱持疑問。不過既然編輯部都下了這樣的標題，那就一定沒錯。如果您有一點時間，請務必從感興趣的章節翻開來閱讀。要是讓您拍案大喊「原來如此」，對筆者來說就是喜出望外的榮幸了。

佐佐木瑞枝

國家圖書館出版品預行編目資料

用日本人的思維學日語[修訂版] / 佐佐木瑞枝著；邱香凝譯. -- 2版. -- 臺北市：商周出版：家庭傳媒城邦分公司發行, 民109.09
224面；14.8×21公分. --（學習館；15）
譯自：9割の日本人が知らない「日本語のルール」
ISBN 978-986-477-883-6（平裝）
1. 日語　2. 語法
803.16　　109010099

學習館 15

用日本人的思維學日語[修訂版]：搞懂50個學習日語最容易混淆的規則

原著書名／9割の日本人が知らない「日本語のルール」
原出版社／KADOKAWA
作　　者／佐佐木瑞枝
譯　　者／邱香凝
企劃選書／劉枚瑛
責任編輯／劉枚瑛

版　　權／黃淑敏、邱珮芸、吳亭儀
行銷業務／黃崇華、周佑潔、張媖茜
總 編 輯／何宜珍
總 經 理／彭之琬
事業群總經理／黃淑貞
發 行 人／何飛鵬
法律顧問／元禾法律事務所 王子文律師
出　　版／商周出版
台北市104中山區民生東路二段141號9樓
電話：(02) 2500-7008　傳眞：(02) 2500-7759
E-mail：bwp.service@cite.com.tw
Blog：http://bwp25007008.pixnet.net./blog
發　　行／英屬蓋曼群島商家庭傳媒股份有限公司城邦分公司
台北市104中山區民生東路二段141號2樓
書虫客服專線：(02)2500-7718、(02) 2500-7719
服務時間：週一至週五上午09:30-12:00；下午13:30-17:00
24小時傳眞專線：(02) 2500-1990；(02) 2500-1991
劃撥帳號：19863813　戶名：書虫股份有限公司
讀者服務信箱：service@readingclub.com.tw
城邦讀書花園：www.cite.com.tw
香港發行所／城邦(香港)出版集團有限公司
香港灣仔駱克道193號超商業中心1樓
電話：(852) 25086231傳眞：(852) 25789337
E-mailL：hkcite@biznetvigator.com
馬新發行所／城邦(馬新)出版集團【Cité (M) Sdn. Bhd】
41, Jalan Radin Anum, Bandar Baru Sri Petaling,
57000 Kuala Lumpur, Malaysia.
電話：(603)90578822　傳眞：(603)90576622
E-mail：cite@cite.com.my

美術設計／copy
內頁編排／唯翔工作室
印　　刷／卡樂彩色製版印刷有限公司
經 銷 商／聯合發行股份有限公司
電話：(02)2917-8022　傳眞：(02)2911-0053

■ 2014年（民103）01月初版
■ 2020年（民109）10月06日2版
■ 2023年（民112）09月26日2版2刷
Printed in Taiwan
城邦讀書花園
www.cite.com.tw
定價 / 300元

ISBN　978-986-477-883-6

商周出版

廣 告 回 函
北區郵政管理登記證
台北廣字第000791號
郵資已付，免貼郵票

104台北市民生東路二段 141 號 B1

英屬蓋曼群島商家庭傳媒股份有限公司

城邦分公司

請沿虛線對摺，謝謝！

商周出版

書號: BV5015 **書名**: 用日本人的思維學日語〔修訂版〕 **編碼**:

請於此處用膠水黏貼

商周出版

讀者回函卡

謝謝您購買我們出版的書籍！請費心填寫此回函卡，我們將不定期寄上城邦集團最新的出版訊息。

不定期好禮相贈！
立即加入：商周出版 Facebook 粉絲團

姓名：______________________　性別：□男　□女

生日：西元__________年__________月__________日

地址：______________________________

聯絡電話：______________　傳真：______________

E-mail：______________________________

學歷：□1.小學　□2.國中　□3.高中　□4.大專　□5.研究所以上

職業：□1.學生　□2.軍公教　□3.服務　□4.金融　□5.製造　□6.資訊
□7.傳播　□8.自由業　□9.農漁牧　□10.家管　□11.退休
□12.其他______________________________

您從何種方式得知本書消息？

□1.書店　□2.網路　□3.報紙　□4.雜誌　□5.廣播　□6.電視
□7.親友推薦　□8.其他______________________________

您通常以何種方式購書？

□1.書店　□2.網路　□3.傳真訂購　□4.郵局劃撥　□5.其他________

您喜歡閱讀哪些類別的書籍？

□1.財經商業　□2.自然科學　□3.歷史　□4.法律　□5.文學
□6.休閒旅遊　□7.小說　□8.人物傳記　□9.生活、勵志　□10.其他

對我們的建議：______________________________

____

____

____

____

【為提供訂購、行銷、客戶管理或其他合於營業登記項目或章程所定業務之目的，城邦出版人集團（即英屬蓋曼群島商家庭傳媒（股）公司城邦分公司、城邦文化事業（股）公司），於本集團之營運期間及地區內，將以電郵、傳真、電話、簡訊、郵寄或其他公告方式利用您提供之資料（資料類別：C001、C002、C003、C011等）。利用對象除本集團外，亦可能包括相關服務的協力機構。如您有依個資法第三條或其他需服務之處，得致電本公司客服中心電話(02)25007718請求協助。相關資料如為非必要項目，不提供亦不影響您的權益。

1. C001辨識個人者：如消費者之姓名、地址、電話、電子郵件等資訊。
2. C002辨識財務者：如信用卡或轉帳帳戶資訊。
3. C003政府資料中之辨識者：如身分證字號或護照號碼（外國人）。
4. C011個人描述：如性別、國籍、出生年月日。

請於此處用膠水黏貼